OLHARES DESATENTOS

Sérgio Sesiki

OLHARES DESATENTOS

Crônicas, Contos e Poesias

Ateliê Editorial

Copyright © 2007 Sérgio Sesiki

Direitos reservados e protegidos pela Lei 9.610 de 19.02.1998.
É proibida a reprodução total ou parcial sem autorização,
por escrito, da editora.

Dados Internacionais de Catalogação na Publicação (CIP)
(Câmara Brasileira do Livro, SP, Brasil)

Sesiki, Sérgio
    Olhares desatentos: crônicas, contos e poesias / Sérgio
Sesiki. – Cotia, SP: Ateliê Editorial, 2007.

    ISBN 978-85-7480-347-0

    1. Contos brasileiros   2. Crônicas brasileiras
3. Poesias brasileiras I. Título.

07-2021   CDD-869.93
                                   -869.91

Índices para catálogo sistemático:
1. Contos: Literatura brasileira   869.93
2. Crônicas: Literatura brasileira   869.93
3. Poesia: Literatura brasileira   869.91

Direitos reservados à
ATELIÊ EDITORIAL
Estrada da Aldeia de Carapicuíba, 897
06709-300 – Granja Viana – Cotia – SP
Telefax: (11) 4612-9666
www.atelie.com.br
atelieeditorial@terra.com.br

Printed in Brazil 2007
Foi feito depósito legal

Para Stanislau Sesiki (*in memoriam*)
e Albina Bagdjiuz Sesiki

Para
Maria Inês,
Fábio,
Danilo

Sumário

Agradecimentos 13

Apresentação 15

Crônicas e Contos

Quase Prodígio 19

Crime em Tapete 23

O Cheiro 29

A História de Gervásio 35

Um Dia de Calor 39

A Praça 45

O Insone 49

Estilo em Nova York 55

Noite Adentro 61

Um Escritor Solitário 63

Angelus Novus 67

Judite e Holofernes 71
Leviatã e a Pesca 75
Confúcio e Eu 77
Razões Secundárias 81
Tibete sem Lama 83
Entre Umas e Outras 85
Eco, Narciso e Lula 89
O Primeiro Ato Sexual 93
Le Trahison des Images 95
O Ser, o Sexo e Eu 97
Priapo 99
Perdoa-me por me Traíres 103
Fila Única que Salva .105
J'Accuse 107
Arrebatamento 111
Catilina e um Dilúvio 113

Poesias

Telhas Escuras 117
Sem Sonhos 118
Fácil Fascinação 119
Levante 120
Ouço um Violino 121
A Palavra Imagem 122
Simples Afeto 123
Troço 124
Endereço: Mangue 125
Um Chamego 127

O Som 130

Sem Título 132

Andarilho da Rede 133

Ferido na Vida 134

Eros e Artemis 136

Vento 137

À Noite 139

Máscara 140

Minha Fuga 141

Vivo e Morto 143

A Chuva e a Lagartixa 144

Meu Futuro na Política 146

Encontro Primoroso .147

Um Pedido 148

Vida de Cão 149

Pensamento Universal 150

Caneta 152

Funeral 154

Eminência Caucasiana 155

A Chuva, o Vento 156

Despertar na Luz 158

No Carro 160

No Ônibus, Sonhos 162

Meu Verso Solto 164

Rua Violenta 166

Santo Rio 168

Diversão no Poder 170

Um Dia de Sol 171

Neoliberdade 173

Na Luz da Manhã 174

Batalha Bravia 176

Fronte 178

A Noite Vazia. 179

Beijo Interrompido 180

Troféu e Despojos 181

Involução 182

Agradecimentos

À Eleni pelo inestimável incentivo diário, quando por inúmeras vezes pensava em desistir e pela sua dedicação na revisão dos textos.

À Senise e ao Plínio por abrirem as portas a um sonhador.

Especial lembrança aos leitores do meu blog *Olhares Desatentos*, na maioria anônimos, que com paciência contribuíram para uma nova motivação em minha vida – escrever.

À Sueli e Maria Elena que fizeram chegar a mim o seu carinho.

Apresentação

Esta obra apresenta contos, crônicas e poesias escritas com entusiasmo, calor, humor e lirismo, sobre fatos do nosso cotidiano; também aborda temas de artistas plásticos, pintores, escultores e escritores, desde a Antiguidade até esta era Contemporânea, passando pelo Renascimento, Impressionismo e Surrealismo, onde, sem compromisso com o academicismo, elabora analogias com "Olhares Desatentos" sobre aspectos da vida, da alma e da obra de arte, com um interessante paralelismo. Textos habilmente construídos, ilustrados pelo jovem Stefan Umhauser, e que irão despertar a sensibilidade do leitor. Leitura surpreendente e prazerosa.

CRÔNICAS E CONTOS

Quase Prodígio

Diomedes foi considerado um menino quase prodígio. Destacou-se em suas classes, desde o primário até o colegial. Entretanto, por pura travessura de adolescente, bola e meninas, negligenciou o estudo ao apagar das luzes do colégio e seu brilho perdera um pouco de intensidade. De qualquer forma ainda se pontuou entre os melhores da classe.

Nas últimas provas anuais dava-se ao luxo de combinar com um ou outro colega, prestes a repetir de ano, de trocar os nomes nas folhas. Tal ardil só funcionava com múltipla escolha ou com professores desatentos. Nunca foi pego. O desconforto era ter de ouvir dos professores:

– O que aconteceu, Diomedes? Você não estudou? Praticamente errou todas as questões!

Ah! Os parabéns dados aos comparsas pela recuperação nas notas, ele considerava elogio público.

Nessa fase da vida, a todos, é a época de escolha de carreiras, de enfrentar os formulários de vestibular e fazer um x na opção do curso da vida. No entanto, Diomedes, de família quase pobre, precisou ajudar em casa e, sem questionar o xis da questão, foi à busca de emprego. Ele se sairia bem, ninguém duvidava disso. Com 18 anos seria ajudante de alguma coisa em alguma empresa. Ganharia um dinheiro e ainda daria para fazer faculdade.

Logo foi chamado para entrevista. No horário marcado apareceu no endereço solicitado e deu de encontro com uma enorme fila dobrando a esquina. Mesmo assustando-se com o burburinho, não titubeou. Ele se daria bem. Sempre foi assim!

A parte psicotécnica foi bico. Agora era esperar pelo exame oral. Essa seria uma novidade, pois pouco foi chamado nas aulas para as chamadas orais. A maioria dos professores só as fazia para aqueles com baixas notas.

Diomedes sentou-se um pouco nervoso à frente numa sala lotada de candidatos. Surge a linda instrutora dando os bons dias e as instruções. Ela contaria uma história e todos deveriam escrever um resumo. Em suas próprias palavras. Como seu português sempre foi muito bom, pareceu a Diomedes um teste bem simples. E voltou a sorrir.

Em segundos a linda moça começou a leitura da história. Descrição de um lugar, fala de um nome, outro nome é mencionado. Agora em outro lugar.

– Como era mesmo o primeiro lugar? O quê? Que que ele falou? Que que essa mulher está dizendo?

A única coisa que ele entendeu bem foi:

– Agora vocês têm 15 minutos para escrever a história. Boa sorte!

Em completo branco mental, ele entregou o papel em branco e foi embora. A primeira derrota de Diomedes. Como foi que isso aconteceu? Não conseguira escrever uma única linha. Não conseguira prestar um pingo de atenção. Talvez o nervosismo da primeira vez o tenha deixado perturbado.

Infelizmente não era esse o problema. Em outros exames sempre a mesma coisa. Nas avaliações sofisticadas ia bem. No entanto, ao primeiro som de uma história vinha um bloqueio e nada de repeti-la. E parecia haver um complô. Para as melhores empresas e empregos o sistema de seleção era o mesmo.

Algo psicológico, psicossomático, psicooquê o assombrava. A urgência de levar a vida o impedia de meditar sobre esse problema e de tratá-lo.

Diomedes enfim arranjou-se em um trabalho, mas seus sonhos de prosperidade estavam se esvaindo. Decidiu então tentar a vida na Inglaterra. Aos trancos e barrancos formou umas economias e se foi. Três anos após construir e carregar muitas trancas e tapar e destapar inúmeros barrancos, resolveu voltar. Com inglês afiado seria fácil conseguir um bom emprego.

E após muitas comemorações com amigos para celebrar sua volta, Diomedes retoma a procura por um *job*. Logo notou, quando voltou ao Brasil, uma piora na situação econômica e social. Mas não na dele. Ele evoluíra. Alcançara um melhor *status* com seu inglês tinindo.

E começou a luta de novo. Depois de muito selecionar e descartar posições aparentemente abaixo de sua capacidade, candidatou-se a uma vaga de zelador de prédio em condomínio de alto luxo nos Jardins, onde residiam muitos estrangeiros e a maioria dos moradores só se comunicava na língua do príncipe Charles. Ah! Ali ele poderia mostrar todo o seu potencial. O caixa era alto.

Começou a pensar nas futuras gorjetas em dólares por ajudar nos reparos dos apartamentos. Por carregar os pacotes. Por arrumar vagas extras para os visitantes e consertar a máquina de lavar e a goteira debaixo da pia do banheiro. Por lá, já pensava em se aposentar.

A entrevista foi no escritório da administradora do prédio e se saíra bem em tudo. Testes psicotécnicos, noções de primeiros socorros, boa redação, bom português. Ufa!

A prova final seria o inglês para conversação. Barbada. Não era um inglês nativo, mas falava os *phrasal verbs* e *slangs* como ninguém. Afinal convivera diariamente com operários londrinos.

Ele sozinho na salinha e sem muita demora uma linda e jovem mulher entrou sorrindo. Cumprimentaram-se em português, uma e outra frase sobre o trânsito e o tempo, e logo passaram a conversa para o inglês.

Sorrisos de ambas as partes e Diomedes ouviu da instrutora:

— *The test is: after listening a story that I´m going to tell you, you should summarize it to me. In your own words.*

Diomedes stopped smiling.

Crime em Tapete

Otávio Menezes nasceu no chamado berço de ouro. De linhagem nobre, pelo menos na genética de contas bancárias. Seus pais deram ao menino o mesmo curso do palpável dinheiro: educação suíça. E austera.

Não deu para saber se ele foi feliz em sua infância e juventude, pois pouco a mencionava em conversas com amigos, mas por certo a cultura e conhecimentos absorvidos, além da prestigiosa herança, deram-lhe destaque em toda a sua vida adulta.

Homem de muitas letras e dinheiro, circulava naturalmente em rodas sociais do chamado último degrau da pirâmide e, amante das *beaux-arts*, comprava muitas obras de artistas plásticos com auge nos anos 60 e 70, artistas brasileiros ou radicados no Brasil, como Maria Bonomi, Darel e Duke Lee. Esse gosto e impulso consumidor lhe davam prestígio para sempre ser um dos convivas mais procurados em *vernissages* de artistas, especialmente os mais jovens, mas não menos talentosos, como Artur Lescher, Tatiana Blass e João Paulo Leite. E mais consumo de arte. Ele tinha preferência por trabalhos de grande estrutura espacial e temática complexa, algo como as montagens, tão *in* nos últimos trinta anos, e só gente da sua estirpe financeira poderia comprá-las, nem tanto pelo valor, mas pelo espaço necessário para abrigá-las. Apenas as salas de enormes mansões ou átrios de escritórios empresariais dariam teto a essas obras monumentais.

Sua esposa Dália o ajudava muito na escolha dos artesãos contemporâneos a apoiar. Carioca, filha do casal de desembargadores Felício Guilherme de Almeida e Beatriz Tavares de Almeida, declinou da carreira dos pais para se aventurar na Faculdade de Belas Artes no Rio de Janeiro. Não teve sucesso como artista, no entanto conheceu muitos deles e essas amizades trouxeram-lhe influência e mobilidade nesse meio. Foi na especial abertura para Vips da mostra de Caravaggio no Masp onde os dois se conheceram. O casamento foi relâmpago.

E Dália era o motivo da nítida transformação do semblante do circunspecto Otávio. O seu olhar brilhava mais a cada dia e todo o seu obscuro humor e personalidade sombria cediam aos encantos femininos, ao charme e beleza, à apurada intelectualidade, aos dotes de exímia *social entertainer* e, claro, à flexibilidade na cama de sua Dália. A sua juventude perdida nos gélidos invernos europeus e consumida com frios amigos suíços, alemães e franceses, ressurgia em sua alma.

Otávio estava apaixonadíssimo e a visão única em sua

mulher o levava a negligenciar sua atenção pela arte. Por outro lado, mais passava a torrar seus incontáveis tostões por ela. Atendia a qualquer desejo e escolha de sua deusa. Foi necessário mudarem-se para uma casa ainda maior, tantos eram os pedidos de sua querida esposa por tapeçarias, esculturas, painéis, litografias e serigrafias. Tudo em tamanho extragrande.

Nunca se sentira mais feliz. Essa excitação toda o impedia de ver o absurdo número de trabalhos do jovem e desconhecido artista Guima a preencher cada vez mais sua casa. Ele tinha algum talento, sobretudo ao desenhar sobre papel um minimalismo frenético da passageira condição humana, mas não o suficiente para sobrepujar os domínios de Lígia Pape, Julio Plaza e Amílcar de Castro no solar dos Menezes.

A vida não poderia ser melhor para ele, até um curto e inocente comentário de um íntimo amigo sobre Guima.

– Otávio, você deve ser um visionário. Sabia que só você o compra?

A partir desse dia seu sorriso desapareceu. Um incontrolável acesso de ciúme invadiu o espaço da felicidade de Otávio. A concentração no trabalho, as relações sociais e o convívio com Dália foram golpeados pelo baixo nível de serotonina, tão acometido nos cérebros dos doentes de amor.

Dália percebeu logo a mudança de comportamento de seu marido, mas considerou um *stress* passageiro, uma fase normal na vida de qualquer pessoa. E para não perturbá-lo ainda mais, passou a evitar as conversas rotineiras e decidiu deixar as iniciativas das obrigações conjugais noturnas a cargo dele.

Em vão. O afastamento sexual de Dália foi considerado prova irrefutável de sua traição.

– Ah! Quantos encontros ardentes tiveram essa maldita perua e esse lixo que se diz artista?!

Era o único pensamento de Otávio.

Na verdade não o único, pois ele passou a segui-la diariamente, demonstrando ascender em sua mente um alto nível persecutório. Era só Dália adentrar por alguma porta, para seus neurônios e entranhas conjugadamente se agitarem.

O aniversário de Dália foi extremamente embaraçoso e o prenúncio de uma tragédia. Ela organizou um encontro com amigos em sua mansão e chamou, entre tantos comensais, Guima.

Um vexame. Otávio extremamente perturbado em ver seu rival andar pelo seu território, bebeu e bebeu. Os ataques verborrágicos à esposa assustaram a todos. Os amigos, muitos deles sem o contato diário com Otávio, estranharam a alteração de seu comportamento. De um fino cavalheiro para um latino esquentado e beberrão. Não fossem os comentários ofensivos à esposa, eles apenas diriam fino cavalheiro beberrão.

Guima mantivera-se afastado do centro das conversas. Todo aquele alvoroço não fazia bem para ele. E, apesar da certa intimidade com Dália, não queria se intrometer e afastar o comprador maior de seu trabalho. Ele estava pisando em ovos com a incômoda situação. Um artista adora fazer papéis ridículos em público. Na maioria das vezes é para artificialmente criar uma alma de genioso e temperamental, atraindo os holofotes da mídia. Presenciar uma cena, ao contrário, era por demais constrangedor.

O casamento deles está desmoronando, pensava Guima, e de forma alguma isso o interessava. Sentiu-se aliviado ao sair da festa sem ser notado.

Uma festa que não demorou a terminar. Antes da meia noite houve a debandada.

Dália estava possessa e extremamente triste. Chorava sentada a um dos sofás da enorme sala. Viu Otávio aproximar-se e levantou-se para tirar satisfação do tumulto causado por ele.

A meia-luz do ambiente salientou o clima macabro. O olhar de Otávio a atingiu como flechas geladas, penetrou em seu sangue, circulou entre as artérias e petrificou seu coração.

– Otávio, Otávio, que foi? Dália suplicava.

Ela estava aterrorizada e, ainda sem nada entender, recuava. Alguns passos atrás e se viu encurralada pela parede encravada de quadros e tapeçaria. Atônita e sem voz, assistiu a Otávio caminhar em sua direção, sorrir e estender a mão para acariciar seu rosto. Dália percebeu as tranças coloridas do tapete abstrato do artista Norberto Nicola, caídas do entrelaçado de palha, abraçarem seu pescoço, esboçou um sorriso de volta e só o interrompeu ao sentir um violento aperto que a levou ao seu último suspiro. A plumagem indígena desgarrou-se do tapete com a forte sacudidela e, solta, suavemente aterrissou no corpo inerte de Dália.

Otávio ouviu o testamento de Dália na prisão.

"Todos os quadros de sua propriedade vão para seu irmão Guilherme de Almeida, conhecido também pela alcunha artística Guima."

Sem perguntar ouviu do advogado a explicação. O filho dos desembargadores, ao se envolver com drogas, fora expulso do convívio dos Almeidas havia muitos anos. A revolta e a vergonha assolaram os magistrados e mesmo Dália fora proibida de contatar seu irmão. Somente alguns meses atrás se reencontraram, a partir de então ela preparava a sua volta à sociedade e, quem sabe, ao seio da família.

Otávio só escutou metade do relato. Seus olhos delatavam a sua fuga para outra dimensão.

O Cheiro

O cheiro normalmente é algo indelével de quem tem nariz. Desde criança somos tentados por todo tipo de sensação olfativa, seja de alimento, de excremento, de pele lavada e de pele suada, do selvagem animal e do homem maquinal. Por formas líquidas de um café ou xarope; sólidas de atum com cebola; ou diretamente pela forma sensorial gasosa de escapamento de turbina a flatulência na latrina.

A classificação de cheiros em agradáveis ou detestáveis é elaborada ao longo da vida, pelas reações naturais das entranhas individuais e, também, por que não dizer?, por influência genealógica e convivência social.

Nestor era diferente. Sempre detestou cheiros. Na sua narícula diária ele sempre os catalogava de repugnantes. A divisão se dava apenas na graduação:

a) Insuportável

b) Abominável

c) Execrável

d) Deplorável

e) Desagradável

A categoria (e) era apenas teórica, pois não havia, nunca, sequer mencionado esse adjetivo na conjugação de sua napa. O único líquido a superar seus lábios, tão perto de seu precioso nariz, e deslizar em sua garganta, era a água. Nas salas de aula sentava-se sempre ao lado das janelas. Ao primeiro odor percebido em alguma colega, enfiava a cabeça para fora para sentir o ar puro, mesmo sabendo que na verdade encontraria outras tonalidades de cheiros. A diferença entre o banheiro mal limpo ou com lavanda se dava também pela classificação acima. E acreditem, por muitas vezes, a higienização de uma *toilette* obtinha pior avaliação do que seu igual imundo.

Todos duvidavam de sua heterossexualidade. Não era para menos, Nestor evitava as companhias femininas, não por sua preferência sexual, mas por querer ficar a dezenas de metros afastado das fragrâncias florais (b), amadeiradas e cítricas de Chanéis, Lancômes e Kenzos.

Os pais de Nestor, preocupados com seu estado arredio aos cheiros e eventos, mandaram-no fazer análise. Um desastre. Desavisada ou por terapia de choque, a psicoterapeuta acendeu incensos (a) logo na primeira – e única – sessão, encerrada após um ataque de histeria de olfactofobia.

Por muitas vezes nosso Nestor usou máscaras cirúrgicas, prescritas por alguns psiquiatras, para ter um pouco de alívio ao se defrontar com a vida fedentina.

O seu anti-herói era o naturalmente inodoro Jean-Baptiste Grenouille, personagem central do livro *O Perfume*. Repugnava-o por sentir e ter prazer com essências a centenas de metros e admirava-o por assassinar as lindas jovens portadoras dessas fragrâncias. Ao acabar de ler o *best-seller* de Süskind, Nestor planejara ir até a cidade de Grasse, *en Provence*, para destruir todas as fábricas de odores e perfumes existentes. Desistiu da idéia após inalar o cheiro de pólvora (c) ao tentar fabricar uma bomba com receita tirada da internet.

Sonhou várias vezes em ser um elétron a navegar pela, tão amada sem aroma, *web* e decifrar a fonte criadora dos cheiros para dissecá-la e destruí-la. Certa vez esse imaginário se transformou em pesadelo ao ler, em qualquer semanário, sobre a transmissão de odor pela rede estar em desenvolvimento pelos japoneses.

Na alimentação a tolerância maior era para o arroz, sem sal, alho ou cebola. Uma ocasião sua mãe comprou por engano um arroz aromatizado, dessas invencionices inúteis da ciência, e foi um quebra só. Ainda na mesa de sua casa, sentia náuseas ao ver a expressão prazerosa de seu pai sentindo o *bouquet* de um bom tinto italiano. – O que de bom tem em sentir esse cheiro que já deve estar apodrecendo aí faz mais de seis anos? E a qualidade do vinho deve ser uma droga..., comprou em promoção de supermercado – expressava com certa razão Nestor. Essas duas contendas o fizeram abandonar a casa paterna e se aventurar pela vida ainda mais solitária em um apartamento.

Pesquisou muito e descobriu-se só no mundo dos *I hate smell*, frase por ele criada *en découpage* em suas camisetas.

Sem remédios e sem grupos de interesse. O acaso da vida, e sempre há acasos, colocou em sua frente uma mulher de sua faixa etária, beirando os 25 anos. Nem foi tanta casualidade assim. A sua camiseta o denunciara. Larissa também sofria dessa fobia. Houve química inodora imediata. Tantos assuntos a conversar. Bem, na verdade um só: Qual o pior cheiro e qual o maior mico que pagaram pelas constantes repulsas públicas?

O relacionamento e a intimidade foram crescendo com rapidez ao passar de alguns meses, a ponto, enfim, de se beijarem no rosto. Ambos ansiavam por esse mágico instante e, revelando mais um lado em comum, sempre se preparavam em suas banheiras com água de fonte natural, pedra-pomes e sabonete neutro. Passo a passo, poderiam chegar, quem sabe, a um intercurso. – Ah! E que experiência extasiante seria – pensavam os dois.

Nestor era virgem. Como poderia se aproximar de alguém com perfume e que mulher deixaria de usá-lo? Nem pensava, por outro lado, em freqüentar um prostíbulo. Deveria ser um antro infestado de odores dos mais escabrosos, adjetivo pronto a ser incluído na gradação de Nestor.

Larissa por sua vez não era muito bonita e isso naturalmente a afastava dos homens. O uso de cosméticos e, argh!, fragrância, mesmo as mais leves, jamais cogitara, e ela não se importava mais, pois a única vez em que um homem dela se aproximou, sentiu instantaneamente a mistura asquerosa de desodorante com o inevitável suor exalado pelas axilas. O chamado desodorante vencido para os normais. Um *saché* de fedor.

O tempo os unia cada vez mais e estava cristalina a iminência do sexo entre os dois. Depois de um jantar japonês na casa de Nestor, com sushi e sashimi sem molho shoyu, regado a água, sentiram seus órgãos se estimularem, prenunciando o desabroche de uma nova vida.

Ele percebeu seu mastro avolumar-se rapidamente e Larissa ciente desse estágio voluptuoso de seu amado sentia suas partes íntimas umedecerem. O calor foi tomando conta dos dois apaixonados. Libido a postos e começaram a se engalfinhar e nervosamente a arrancar suas roupas. Ambos deliciosamente se viram nus e com o suor sexual do momento, sentiram um profundo... asco, um do outro.

Larissa ainda enviou alguns e-mails para Nestor, nunca respondidos.

A História de Gervásio

Aquele que dentre vós está sem pecado seja
o primeiro a atirar a primeira pedra.

JOÃO 8,7.

Esse tema é tão corriqueiro que nem me lembro se já o esbarrei neste blog. Em todo o caso vou desatentamente publicar os nossos pecados. Melhor dizendo, os seus pecados.

Muito bem, alguém se habilita a ser o primeiro, não a atirar a pedra, mas a confessar nosso lado mau?

Sem voluntários, já sabia. Tá bom, eu começo. Não com os meus, que não sou bobo, mas com o do Gervásio.

Gervásio era invejoso e a inveja é uma merda, diz o dito popular. Mas caramba! Gervásio a sentia. Essa falha de comportamento psicológico e espiritual era mais evidente na sua adolescência. Hoje, para não dizer que ele a controla, pois mostraria tendência patológica de egoísmo crônico, não a sente mais. Não se pode dizer que sua alma evoluiu, contudo ele acreditou que, se passasse a desejar boa sorte a todos, continuamente, ela se aperfeiçoaria. Mesmo aos seus inimigos. Com o tempo esse desejo de sucesso generalizado nele se incorporou, como osmose. Gervásio tornou-se uma pessoa de bem com a vida.

Com relação ao pecado da gula, ao contrário, foi piorando com o passar da idade. Na juventude encarava a alimentação como repositor energético vital. A alimentação transmutou para o conceito de gastronomia, mesmo ciente que essa fome de sabores e sensações físicas significasse descer a rampa celestial. Ah, nesse tema maledicente, era o maior dos pecadores. Mais recentemente, depois de um retiro de carnaval com a igreja do bairro, onde ouviu palavras de fé, Gervásio voltou a comer seu arroz com feijão básico sem reclamação. Um franciscano.

Ira! Gervásio foi inconstante nisso, piorou e voltou a melhorar. Não sentia raiva das pessoas e das coisas ruins que aconteciam, motivadamente ou involuntariamente. Foi crescendo e passou a se considerar um tolo por não exigir o melhor de todos para si e de todos para os outros. Começou a se tornar inconveniente, pois, desacostumado em reagir, exagerava nas situações de reclamação. Ficava com ódio mesmo. Constrangia seus amigos em simples bares por demora no atendimento ou porque a porção era pequena demais. Aquele mesmo retiro da comunidade dos carolas o fez diminuir a voltagem. Virou um ator. Se estiver exaltado, não se engane, é só para inglês ver. Por dentro ele está em alfa. No entanto, demandava de todos o melhor, com firmeza e sem perder a ternura.

Gervásio tornou-se o ponto de referência dos amigos. Seja por aconselhamentos, por conversas intimas ou jogadas fora, ele sempre era chamado a participar da vida das famílias. Um homem centrado, de princípios e caráter. Dava palestras na comunidade sobre a boa conduta do ser humano.

Foi convidado, certa vez, para o casamento de um amigo que não via há anos. Arrumou-se discretamente e foi desejoso dar as bênçãos ao casal. Ora, quem diria. Uma das madrinhas do amigo foi sua primeira e única paixão da vida, a Marilene. Seu coração bateu mais forte e na festa passou a quase assediá-la.

Marilene, moça de família, não o ignorou, mas sua lembrança dos tempos de Gervásio invejoso, guloso e explosivo não saía de sua cabeça. A persistência de Gervásio em reatar após longos anos era tanta que não teve outro jeito a não ser dar um fora definitivo.

Desacorçoado, olhou ao redor, viu todos os casais convivas da festa sorrindo, conversando animadamente, dançando, comendo e bebendo. A inveja tomou conta de seus sentidos. Sentou-se à mesa e passou a não rejeitar nenhum canapé, prato ou bebida. Vendo-o alterado, os garçons começaram a evitá-lo. Extremamente descontrolado, quase um psicopata vociferando impropérios, Gervásio deu show com o serviço do buffet. Foi um auê. Os seguranças tiveram que tirá-lo da festa à força, desobedecendo até à ordem do casal em bodas.

Na noite seguinte, Gervásio, ainda com enorme dor de cabeça, foi presidir a reunião da igreja – pastoral da boa-esperança.

Um Dia de Calor

A sala de espera da dermatologista era agradável. Alguns quadros abstratos. Outros concretistas. Uma obra pendurada ao fundo, meio escultura, meio pintura, com a palavra felicidade e suas diversas traduções, *felicitá, happiness, félicité* e outros idiomas não reconhecíveis. Devem ter o mesmo significado. Todas as palavras, ou melhor, a mesma palavra foi colorida em laranja. Variação de tom conforme o idioma do país.

Vaso de flores artificiais, begônias. Pareceu-me verdadeiras à primeira vista. Mas estavam por demais reluzentes para serem naturais. E begônias, se não me engano, não gostam de climas muito quentes.

E como estava calor nesse dia! O ar-condicionado não dava conta. Pedi à assistente da doutora para aumentar o ar. Quero dizer o frio. – Sr. Tales, desculpe-nos. Já liguei para a assistência técnica. Pedi urgência e não adiantou. Só amanhã. Está desregulado. – Tudo bem, disse eu. *Sempre acontece dessas.*

O suor aumentava à medida que eu olhava para aquelas quentes palavras alaranjadas, como se fosse reflexo do sol em dia de praia em Baleias.

Praia. Por isso estou aqui. Manchas de sol no rosto. Não devia vir a uma doutora. Não vai dar para aproveitar a visita e mostrar a minha verruguinha na coxa, próxima da genitália. Só de roupa íntima vou morrer de vergonha. Bom, terei que aturá-la mais um tempo. Da próxima vez procuro um médico.

– A doutora está demorando, não? Perguntei meio impaciente.

– Ela está em cirurgia. Às vezes demora. E teve duas emergências. Hoje o senhor não deu sorte, seu Tales. Disse com uma expressão, hum, na verdade sem expressão nenhuma. Devia ser algo gélido enraizado em sua face, após tantos anos respondendo à mesma pergunta. *E que diabos de cirurgia uma dermatologista faz no consultório?Arranca a pele de alguém?*

– E como o senhor é o último sofre todos os atrasos, continuou.

– Tudo bem, repeti. *Quantas vezes terei que dizer "tudo bem" quando nada estava bem.* – Calor, não é? *Xi, escapou.*

Devorei *Caras*. E minha cara com fastio. Eis que sai a paciente operada. Sem cara de doente. Sem mancar. Sem *band-aid.* Sem esparadrapos. *E que diabos de cirurgia uma dermatologista faz no consultório?*

– Por favor ligue se algo a incomodar, disse a doutora à porta de sua sala à paciente. E sorriu para mim.

Nossa, como é bonita essa médica! Trinta e poucos anos. Uma voz aveludada. Olhos tão brilhantes que ofuscaram as begônias artificiais. A pele, oras, a mais sedosa jamais vista. Toquei-a com olhar forte e penetrante. O calor aumentou. Agora sem me incomodar.

– Pode entrar, senhor Tales. Cambaleei até sua sala. Uma verdadeira miragem. Deu-me sua mão e confirmei. Seda chinesa. E seu sorriso continuava encantador.

Começaram as preliminares.

– O que o traz aqui, sr. Tales? *Que voz!*

– Gilberto. Beto. Por favor. Ah, estas manchas. E apontei sem saber ao certo o lado certo. A aproximação foi certeira. Já sentia sua respiração ao pé do ouvido. Seus cabelos roçavam meus ombros. Não tenho certeza. Opa, agora tenho, ouvi seu suspiro.

– Calor, não? Disse a sensual derma. – Nada sério.

– É. *Alarme falso.*

Deu-me as instruções, receitas, orientações de proteção do sol. Seu sorriso e sua voz envolviam meus sentidos.

– Alguma outra mancha? Falou movendo sedutoramente seus lábios.

– Sim. Tenho uma verruguinha na parte interna das coxas. *Atrevi. Chega de preliminares.*

– Deixe-me examinar.

Já desinibido comecei a tirar a roupa. E começara pelas calças. Movimentos ligeiros. Vamos direto ao ponto. Tudo? Perguntei.

–Sim. Vamos aproveitar a visita.

Já estava sedento. Aproveitar, disse ela. É tudo o que eu mais desejo de você.

Ela curvou-se, aproximou-se entre minhas pernas. Fixou o olhar. Via sua boca se contorcendo. Sorriu ainda mais. Levantou-se fogosa e com flexibilidade. Pegou um instrumento, um pincel, um líquido facilitador.

– É coisa rápida, poucas pinceladas e pronto. Continuou seu trabalho de ir e vir.

– Sentiu alguma coisa? Perguntou.

Não tinha entendido. Ela estava satisfeita. Eu, insatisfeito. Recoloquei minhas vestes. Estava meio perturbado com todo esse jogo.

– Por favor, ligue se algo o incomodar. E sorriu para mim.

A Praça

Ele gostava de sentar no banco da praça perto de seu minúsculo apartamento, bem próximo do centro, uma praça pequena que mais parecia um canteiro, entre um cruzamento de duas ruas movimentadas e uma outra em transversal. Ele nunca entendera o traçado dessa rua em diagonal a todas as outras ruas do bairro e que provocava uma mudança na arquitetura dos muitos prédios sem caráter das décadas de 60 e 70 e das ainda remanescentes casas antigas dessa região da cidade. Foram construídas com estranhas formas angulares. Voltando à praça, duas árvores davam o frescor necessário para se passar as tardes longe do suadouro de sua pequena e desajeitada casa, num dia de calor. A desarrumação vinha por conta da falta de uma esposa. Nunca casou. Chegou a morar com uma mulher, que o deixou alguns meses depois de perceber a sua pegajosa indolência.

Halison, de profissão um faz-tudo, assumiu uma vida de aposentado prematuramente, desistira de fazer bicos para aumentar a renda e simplesmente abraçou sua magra pensão do governo. Para economizar ao máximo, procurava estar fora de casa boa parte do tempo, mas perto o suficiente para não ter que gastar com transportes ou em comida, caso sentisse fome ou para se abastecer de líquidos na hora da sede e, naturalmente, se desabastecer deles algumas vezes ao dia; era uma prática salutar da vida parca na administração do *l'argent*. Por ainda não ter passado dos 50, os remédios não afetavam, em demasia, seu orçamento. Halison não pegava um resfriado havia anos, no máximo urticária nos pés pelo uso constante das mesmas meias sem lavar, outra medida de contenção.

Já era bem conhecido dos moradores e dos comerciantes, quase um *habitué* da praça, gostava de fazer nada, no entanto ele carregava uma certa frustração por passar o dia praticamente calado, sem jogar conversa fora com ninguém. Os vizinhos e os itinerantes deslocavam-se sempre muito atarefados. Os comerciantes já lhe davam a entender sua presença *non grata* dentro dos estabelecimentos. Atrapalhava o movimento e, convenhamos, seus trajes, se não beiravam a mendicância, estavam longe de serem considerados atrativos para os fregueses fugazes.

Ele levaria tranqüilamente seu destino até sabe lá Deus quando, e esse quando estava inesperadamente muito mais próximo do que pensava. Certa tarde de um quente outono, ao calcar os pés na calçada, ele se desespera ao avistar as duas árvores podadas, nuas, completamente desfolhadas. Não era uma poda qualquer, simplesmente todos os

| 46

galhos foram cortados até o tronco, duas árvores destroncadas, destroçadas. Foi um desbastamento de fazer inveja aos madeireiros ilegais da Amazônia. Ele pensou em reclamar à prefeitura, mas nem imaginava como começar. O certo é que a sua sombra diária nas suas tardes preguiçosas nessa terra agitada acabara. Teria ouvido falar de uma tal de rebrota, mas pouco se importou, ele perdera seu oásis. E quanto tempo teria que esperar para tudo crescer de novo?

Não demorou muitos dias e Halison passara do estado de indolência endêmica para o de depressão aguda, acrescido por um ataque de pânico de que ele nunca ouvira falar. Seu modo de viver fora despedaçado. Em seu quarto/sala de sua quitinete pensava sobre sua vida e em como tinha chegado àquele estado.

Imigrante da Paraíba, chegara a São Paulo com seus 16 anos e não foi difícil se virar. Um dinheirinho na mochila para comida e um quarto para morar numa pensão incrustada na zona do meretrício e já era ajudante de limpeza dos imundos buracos da região do comércio popular de dia e do sexo fácil à noite. Naquele tempo ele sonhava com progresso pessoal e tinha muita energia. Os dias foram passando e ele, sem saber como, perdera a vitalidade. Sua aposentadoria ele deve a uma mulher de rua, já fora do mercado pela idade, por um conselho dado.

– Meu filho, aqui ninguém vai te registrar na carteira. Reserve um bocadinho do que você ganha e pague o INPS. Quando chegar na minha idade, vai te fazer falta um troquinho até para um sanduíche. Veja essa sua velha...

Halison pagou quase religiosamente o carnê, que virara INSS, e foi naturalmente diminuindo a intensidade de seu esforço nos seus diversos trabalhos de ajudante, como uma contagem regressiva para o dia de ficar só no descanso. A partir desse ponto ele concluiu, em seu apertado cômodo, que sua vida estacionara. E as amizades começaram a partir logo em seguida, pois todos perceberam a sua baixa vontade até nos mínimos programas de diversão, num bairro abarrotado deles.

Esse pensamento o atordoava noite após noite, dia após dia. Seu estado deteriorou e sem família ou amigo para acudi-lo, veio fazer companhia à sua depressão um profundo estado de inanição. Não se sabe se foi ele mesmo ou algum vizinho que solicitou o resgate. Semanas depois ele viajou ao encontro de seus ancestrais que ele mal conhecera em vida.

No botequim em frente à praça preferida de Halison, ouvia-se uma conversa casual e sem interesse do dono do bar e um homem no balcão.

— Essa praça aí é muito bonita, se as árvores tivessem galhos e folhas até que daria para ficar sentado no banco e trocar uma prosa.

— Até que seria bom. Mas quando tinha sombra ninguém ficava aí. Tá todo mundo correndo para fazer alguma coisa. Quer mais um café?

O Insone

Lá se iam três horas da manhã e o sono não vinha, como sempre. Fora à cozinha duas vezes, para a água que se tornara habitual, menos pela sede, mais por preencher o infinito tempo de uma madrugada acesa, e outra, para bisbilhotar algo para comer, quando por vezes provava uma fruta, por outras tateava por uns biscoitos, na maioria das vezes era por puro ofício de andarilho doméstico notívago. Não se lembrava de quando a insônia passara a lhe fazer companhia na sua hora de dormir. Talvez cinco ou seis anos. Pouco lhe importava isso, o que de fato o incomodava, além da impossibilidade de obter um sono longo, eram as intermináveis visitas aos médicos tentando diagnosticar e remediar sua moléstia. Perguntas do presente sobre seus hábitos e suas preocupações, do passado questionando traumas e doenças de família, e sobre o futuro, pescando algo sobre o nível de ansiedade que assola o gene contemporâneo. Desistira de procurar ajuda profissional, pois todos os honoráveis doutores lhe pareciam ter comprado a mesma cartilha de métodos de diagnósticos para curar um miserável insone.

O mais próximo que chegara de conseguir êxito, fora a prescrição de uma caixa, cruzada com uma tarja preta, comprada na farmácia, após preencher um questionário com perguntas sobre "se meu médico tinha alertado dos seus altos riscos", e deixar todos os dados pessoais, como se fosse um pobre cidadão pedindo empréstimo na Caixa. Desistiu desse remédio ao perceber que os efeitos colaterais estavam afetando-o mais ruidosamente do que os superficiais benefícios de algumas horas artificiais de sono. Além do que, ao largo do dia, a espera por mais uma afetação de insônia era por demais pesada e sofrível. Duplicara seu pesar. Pelo menos sem o dito remédio havia como passar o dia sem afligirem-no agudos ataques de sonolência. Quase levara seu pequeno negócio à beira do colapso por perder totalmente a concentração.

As soluções caseiras lhe chegavam aos borbotões. Amigos, vizinhos, parentes, na padaria, até o porteiro do prédio, passavam-lhe ótimas dicas para dormir melhor. Qual nada! Atormentavam-no tanto essas dicas quanto as dos doutos no assunto. E cada tentativa frustrada de um bom sono acrescia algumas pitadas de azedume ao seu antigo bom-humor. Nesse estágio, na verdade, humor nenhum.

Como não havia outro jeito, após se cansar de assistir a bolorentos programas de televisão e de ler livros de todos os gêneros, Alcides interessou-se pela Internet. Preencheu as matinas com cliques e mais cliques em seu *mouse*, a procurar não sabia o quê, mas achava divertidos os milhares de páginas à sua disposição. Alguns meses depois, ele também começara a entediar-se desse passatempo moderno, quando se deparou com as páginas de conversação em tempo real. Alcides conhecia essas ferramentas de bate-papo, só lhe carecia desinibição para encarar os assuntos com pessoas que nunca ouvira falar e na verdade nunca chegaria a conhecer. O início foi meio tímido. Mais lia as conversas do que participava delas. Até que em uma sala virtual qualquer se deparou com o assunto de sua desgostosa vida: a "insônia".

Nem parecia um internauta iniciante. Dominava o tema como ninguém. Noites e mais noites verdadeiramente chateando a qualquer um que passasse por sua sala. Sim, ele já havia criado a sua sala virtual nomeada de "Insomnis".

Em uma madrugada assim, em claro, em sua sala do apartamento, sua sala eletrônica, começou um flerte com uma mulher que sofria do mesmo mal. Essa maledicência comum aos inimigos de Morfeu provocara um recíproco interesse, primeiro pelas histórias de cada um, exemplos de como passar as noites em claro, ou como não passar; as dicas recebidas, os remédios indicados e muitas simpatias sugeridas para se livrar da insonolência. Em pouco tempo as conversas foram mudando de tonalidade. De cozinhas noites adentro para restaurantes preferidos. De ramos de dormideira no quarto para parques em que praticavam caminhadas. Do provérbio popular, que deturpou o bíblico, "faça alguém tropeçar e terá o sono recuperado", para temas espirituais. Estava feita a conexão.

Ao que se lembrava, Alcides pela primeira vez perdera sua ansiedade pelo chegar da noite, ao premeditar as auroras de vigilantes horas. Sabia que em algum canto desse planeta havia outro espécime humano, alerta, aguardando a sua entrada na sala virtual dos insones reais. E lá se ia mais uma noite com alegre distração construída por diálogos marcados pelo aguçado senso de humor, de ambos. Aliás, Alcides já se esquecera que ele um dia fora pessoa comum, dotada de espirituosidade e fácil de conquistar amizades. Sua enfermidade, longe de ser curada, agora lhe trazia um novo objetivo de vida: conhecer essa mulher de tanta cumplicidade.

Alcides estava virtualmente apaixonado por Irma. E, ao que percebera nas entrelinhas, era recíproca essa atração. Não lhes faltavam assuntos. Uma energia nova irradiava em sua alma noturna e uma luz aclarava as esperanças de dias menos taciturnos. Após alguns poucos meses e muitas outras intimidades, a vontade de ambos se conhecerem emergiu e a cidade de sua pretensa alma gêmea fora revelada. Primeiro uma ligeira decepção, contudo a paixão o fez logo pensar: – Afinal, Catanduva não era assim tão longe.

Trataram de agendar um encontro logo no primeiro fim de semana. Estavam excitadíssimos. A profissão de Irma, enfermeira e com plantão no dia combinado, obrigou-os a se encontrarem em seu trabalho, uma clínica de recuperação de dependentes químicos. Haveria algumas pausas e o lindo jardim em frente à clínica serviria bem para seus primeiros olhares e toques. Nove horas da manhã de sábado e Alcides a postos. Pelas fotos trocadas ele nem a achava tão atraente, mas não importava, pois também perdera a forma desde o início de sua disfunção do repouso transitório obrigatório.

Um pouco nervoso, nunca imaginara que as silhuetas das enfermeiras fossem tão parecidas. Avistara algumas delas saindo calmamente de seus turnos, de suas paradas obrigatórias pré-anunciadas por Irma. Passava o tempo e uma certa inquietação começara a perturbar Alcides. No momento em que se dirigiu à recepção para ser anunciado, ato fortemente recomendado a evitar, ei-la. O coração de Alcides disparara.

Ambos com sorrisos contidos se abraçaram. E no abraço Alcides percebeu algo distante. Não era a mesma pessoa imaginada. Por alguns instantes ele pensou ser somente a agitação nervosa de um primeiro encontro. Não era. A verdade é que a química virtual não transmutou em realidade. A morna conversa que se seguiu confirmou sua assunção.

Desconfiado, Alcides forçou a conversa para rememorar as coisas comuns delatadas nos *chats*. Irma imediatamente confessou: – Alcides, sou uma paciente da clínica. Tenho realmente problemas de insônia desde que me viciei em diversos tipos de drogas...

Alcides, abalado, mal ouviu o resto da história, que terminou: – Sinto muito por ter feito você vir até aqui.

Balbuciaram mais algumas palavras e ele pegou a sua rota de volta, altamente atormentado pela desilusão, irritado consigo mesmo por fugir à frente da primeira dificuldade e já imaginara um agravamento de seu estado de sentinela noturno.

Do jardim da clínica, a paciente assistira impassível a sua partida e em seguida entrou no prédio. Caminhou em direção à enfermeira que estava na janela, à espreita, e disse: – Irma, ele é um cara legal, mas você não precisa de outro insone em sua vida.

Irma suspirou, pensou em Alcides, um breve momento de hesitação e voltou a seus afazeres.

Estilo em Nova York

Estava em Nova York havia exatos oito dias. Toda a agenda fora cumprida. Reuniões intermináveis com os estilistas de moda feminina. Estilistas. Como eram pavões. Egos enormes. Não cabiam nas limusines alugadas pelos meus bolsos só para levá-los do escritório da Tanscheusen para o desfile no Bryant Park. E eram apenas cinco quadras. Insuportáveis. Tudo para eles era lixo, exceto suas obras. Obras! Viam-se como artistas.

Após o desfile liberei-me do outrora excitante agora enfadonho *job*. Havia antecipado compromissos e encurtado visitas para presentear-me com alguns dias livres nessa cidade do agito. Das compras. Das boas comidas. E das ótimas galerias de arte.

Aprendera mais sobre tendências de moda indo a galerias do que em conversas com essa troupé fashion.

Nelas, curto os trabalhos de artistas normalmente des-

conhecidos do público americano e mais ainda do brasileiro e faço pesquisas para meu trabalho. Não, nada que ver com as obras em si. Nesse mundo, das elites, passeiam os ricos americanos para compra de arte. Aí, aproveito e vejo o que vestem.

Em restaurantes in observo também as loucuras imaginativas dos seus freqüentadores. E mais me fascino quanto mais longa for a espera. Os bares são abarrotados de figuras interessantes.

Ganhei alguns clientes novos recortando e recriando combinações de estranhos e bizarros nova-iorquinos consumidores e notívagos. Nem sei se de fato eram da big apple. Estavam lá, e eu também, com meu pequeno bloco de anotações.

E essa é a parte de meu trabalho "criativo". Cheirar as montagens de figurinos usados pelos freqüentadores de lugares badalados. A parte do suor é localizar peças de vestuário semelhantes em São Paulo, principalmente nas butiques caras, e oferecer para meus clientes. As conversas com os estilistas, para conseguir filtrar alguma real tendência, fazem parte deste segundo grupo: trampo pesado.

A galeria Ramis Barquet estava a *walking distance* do meu hotel. Fui de limusine. Casualmente, *no lobby*, cruzei com o motorista que nos levara ao desfile horas atrás. Ofereceu-me carona. Aceitei.

Não imaginava a peça do destino, bem, não era para tanto, vamos dizer, uma virada do jogo proporcionada por essa inocente carona.

Adentrei na galeria e encontrei uma inesperada profusão de sorrisos, "good afternoon", "thanks for visiting us".

Do porteiro trajado como porteiro de hotel aos seguranças. Principalmente das gentis e simpáticas *hostesses*. Não tive dúvida. O lance fortuito da limusine causara impacto a todos. Falaram-se em pensamento: – Cliente polpudo à vista. Comissões à vista.

Não perguntaram. Não desci do pedestal. *Vamos ver onde vai dar.*

A primeira mudança desse lance imaginário, milionário por alguns minutos, selara meu trabalho. Não tardou até aparecer uma mulher especializada em arte para me atender.

Kate era bem treinada como vendedora de arte. Fazia observações interessantes sobre os quadros, as esculturas. A origem dos artistas, o contexto das obras. O impacto nas suas culturas. Resumo do currículo. Tudo o que um potencial comprador necessitava para seu objetivo. O meu? Sua conquista. Passei a dedicar-me mais em cobiçar a *hostess*. Já não prestava atenção ao figurino dos visitantes, os reais caixas-altos. Direcionava meu olhar ao seu visual esguio.

Bem, mudança de estratégia. Honestidade, pilar de uma relação. Mesmo que sexo seja o objetivo. Pelo menos esse era o meu lema. O guia para as estrelas.

– Kate, eu não estou interessado na compra dos trabalhos desta casa. Eu sou consultor de moda. Você realmente é encantadora em analisar e descrever as obras e tudo mais. Meu trabalho seria só o de observar as pessoas e suas roupas. A moda, enfim. Confesso que falhei. Me desculpe.

– Sr. Diego, é meu trabalho mostrar esta casa e seus produtos. Faço-o com prazer. Não há nenhum compromisso em fechar negócios. A casa é aberta para nossos clientes e para o público em geral. E o senhor mostrou-se um bom observador das obras. Alegrei-me por isso.

– Você foi minha inspiração. Aprendi hoje sobre arte como nunca em minha vida. Parece fácil depois de suas análises e explicações. Não sei como lhe agradecer.

– Não foi nada. O senhor venha sempre.

– Primeiro, vamos tirar esse senhor. Só Diego está bom. Segundo, gostaria de convidá-la para um drinque. Se não for um abuso e contra as regras. Por último tenho vôo marcado para daqui a três dias. Vai demorar até eu voltar aqui. *Exagerava na sinceridade.*

– Que lástima que parta tão cedo. Bem, na verdade é contra as regras sair com clientes, mas como você não comprará nada, posso considerá-lo fora de nosso cadastro. Sim, podemos sair. Será um prazer.

– Ótimo. A que horas sai? *Nossa, foi fácil demais.*

– Cinco e meia. Em duas horas. Encontramo-nos no Aquavit. Está bom pra você?

Tenho tempo para alguns telefonemas pro Brasil e uma ducha. Vai dar.

Cheguei ao bar do restaurante dez minutos atrasado. Não estava muito ansioso, achei que ela não viria. Enganei-me. Kate estava lá. Sorrindo. Conversando com o *barman.* Parecia que já se conheciam. Era Klaus, de fato seu amigo.

Na galeria, ela usara calça preta e uma camisa creme, com sutil babado a envolver os botões especiais com emblema do que poderia ser alguma grife, para mim desconhecida, ou o brasão de Barquet. Sapatos pretos com detalhes em *strass* e salto baixo. Cabelo preso com palitos japoneses.

Como uma peça no vestuário transforma uma mulher! No bar, alterando seu *look*, um *blazer* preto delineando sua sinuosa e delicada silhueta. Cabelos castanho-escuros, soltos, caindo dois dedos abaixo dos ombros. Depois, notei o sapato de salto alto e sem o detalhe brilhante. Mais executiva à noite do que na galeria. Mas ao mesmo tempo mais sexy. Era cedo até para Nova York. O bar ainda não estava cheio. Trocamos olhares. Sorri, caminhei em sua direção. Sua beleza era normal. A simpatia a fazia diferente e destacava-a no ambiente.

Vou coroar o fim de minha viagem com ótimas noites. Ardentes. Sensuais. E já faz alguns meses...

Toda a introdução já fora feita na longa conversa à tarde. Não faltou muito. No meio dos latinos Echeverría, Paniaqua, Cid Suard e Soto, este de Porto Rico, nossos estados civis, cidade natal, residência, formação. E incluímos no *resumé* focado para a cama comentários mordazes, abrasivos e picantes dos detalhes de cada obra desses artistas na galeria. Enfim, verdadeiras preliminares.

A conversa preparatória ao *gran finale* estava animada. Faltava apenas perguntar "Your place or mine?"

Kate então sorriu, mordeu seus lábios, aproximou-se um pouco mais com olhar lânguido. Delicadamente pousou uma mão sobre minha coxa. Estremeci. Mais uma vez seus lábios entraram em ação. Agora molhados pelo toque de sua língua. Com a outra mão roçou meu ombro. Sua cabeça pendendo em minha direção. Eu em sofreguidão. De repente, todo o ruído das conversas calou-se. Ouvia tão-somente a música e minha respiração. De tão perto meus ouvidos começaram a notar o calor da respiração de Kate.

Inclinei-me um pouco mais. Um leve desvio. Os seus lábios encaminharam-se para minhas orelhas. Arrepiei-me todo. Já estava louco esperando pelo seu toque.

Kate finalizou, sussurrando com um delicioso hálito quente.

– Diego. Pretendo deixar a galeria. Estou cursando estilismo. Você poderia me ajudar e opinar sobre meus trabalhos?

– Com muito prazer. Klaus, um aquavit. Duplo, por favor.

Noite Adentro

Noite adentro. Música suave. Piano e sax. Uma voz aveludada entoando Tom Jobim. Bossa Nova não é tão do meu agrado, mas após algumas doses de whisky dava até para curtir legal.

Já não procurava mulheres à procura. Estar sozinho não é tão complicado assim. Fazia alguns meses da separação, depois de uma convivência de 12 anos.

Amigos antigos, todos casados. Terminara a fase dos convites para um jantar e compartilhar a dor do fim de casamento – e filhos sempre são um fator a mais a lamentar. Outros, no entanto, celebravam no íntimo, afinal a minha ex não era o que se poderia chamar de unanimidade. Por um ou por outro, valia para mim a imagem de uma boa história familiar na mente. Claro, havia olhares contidos de reprovação e lamento das mulheres dos amigos. Não, não mais explicava que não fora culpa de ninguém. Acon-

teceu. Acabou. O que importava quem iniciara o papo de relacionamento e desrelacionamento? Um certo complô yin me fulminava.

A música agora entrava num ritmo mais para samba-canção. O bar diminuía o movimento. Hora de partir. Dessa vez eu aceitava sem frustrações a volta ao flat acompanhado de meu ego. Pedi a conta. Exato momento em que deparo com uma deslumbrante figura feminina num canto quase imperceptível de meu lugar. E estava só.

Cuidado. Flats sempre são uma incógnita. Separados, amantes, casados, estrangeiros, gente em mudança, havia de tudo. Na verdade são mais para certezas e menos para dúvidas. O ambiente é propício para busca e apreensão do desejo. Se ela for daqui mesmo pode complicar. Mas que idéia a minha vir passar a noite no próprio bar do flat!

Morena, cabelos cobrindo o pescoço. Um certo desalinho na testa. Parecia um desses cortes assimétricos. Postura esguia. O ambiente de pouca luz não me permitiu identificar a cor dos olhos. Só o seu brilho. Calça preta e blusa verde de mangas longas, sem estampa. Discretíssima. E belíssima. Sem demora, trocamos olhares, sorrimos. Nesse instante sabíamos o que queríamos.

Um Escritor Solitário

Começara tarde no ofício de escritor. Nem de ofício poderia chamar a sua missão de preencher quinzenalmente a coluna de um jornal de bairro, com tanta dificuldade que tinha para escrever. Um outro motivo para não ser catalogado de profissão era o de não receber remuneração. A amizade com Adamo, o dono do jornal, e o seu verdadeiro trabalho de advogado é que lhe renderam essa coluna. Ora pois!

Reinicio esse miniconto.

Começara tarde a escrever por opção de lazer.

O jornal era semanal, pela falta de leitores; o esforço era diário, pela falta de talento e excesso de inépcia nessa arte; e o resultado era quinzenal, pela alternância de espaço da coluna com uma médica, que discorria sobre como viver uma vida saudável.

E estes artigos sobre a vida sã, redigidos por essa doutora, eram insanos e sofríveis, expondo cirurgicamente sua nítida inaptidão literária. Régis aludiu ser essa médica também amiga do dono do jornal. Seria inimaginável outro motivo para alguém permitir tamanhas afrontas ao bom português e ao bom senso de se viver bem.

O semanário era pródigo em anúncios, carentes de criatividade, de lojas e serviços oferecidos pelo bairro. Muitos bifês, rotisserris e delíveris. Um bocado de butiques, de lanjerris a blequitais. Petishópis de não acabar mais e muitos bares com menu de chôpis e comes e tais.

O neo-escritor tinha certeza da atração do leitor pelas indicações comerciais, mas indagava-se se havia consumidor de seu produto intelectual de pronta entrega. Um espaço para pensamentos abstratos da vida cotidiana. E eram essas reflexões que dificultavam sua escrita, pois como advogado, até que Régis encenava bem as tramas das leis em defesa de seus clientes. Mas quanto à vida, nunca fora treinado a navegar em inferências da alma. A pensar sobre os mistérios da existência, dos medos conscientes e dos temores subliminares.

Régis publicava dois artigos por mês e, um ano depois, passara a plagiar-se inconscientemente. Tempo suficiente para também se acostumar às crônicas sobre o bem-estar da médica-escritora, a ponto de achar aquelas lorotas mal escritas superiores aos seus devaneios literários.

Pensara em desistir de escrever para o jornal, até ensaiara seu pedido de demissão para o editor-chefe, o dono e seu amigo Adamo. Estava a caminho da redação do jornal e lembrou-se de um boteco que anunciava sempre na mesma página de sua coluna. Para tomar coragem de abandonar a não iniciada profissão de articulista, resolveu tomar um trago e ao mesmo tempo conferir a veracidade da publicidade dos saborosos pecados da gula.

Sentou-se a uma mesa panorâmica, no bar ainda com pouco movimento, e esperou pelo garçom. Sem examinar o cardápio, pediu seu tradicional gim-tônica e o canapé mais pedido do bar. A bebida veio bem antes do bolinho de bacalhau. Essa espera um pouco longa foi importante para Régis reparar no caloroso ambiente e, principalmente, numa mesa próxima ao balcão, com uma mulher sorridente conversando com o barman.

Esperou por um momento, estabeleceu contato visual e foi bem recebido. De fato ela era simpática e ao caminhar em sua direção, a sua beleza imaginada à distância não se esvaiu pela aproximação.

– Olá, como vai. Meu nome é Régis.

– Olá. Vou bem, obrigada. Eu já lhe conheço. Você escreve para o jornal ao lado, não é mesmo?

Régis, surpreso e encantado pelo inusitado reconhecimento, anuiu: – É verdade. Como você sabia?

– Ah! Eu também trabalho lá. Vi você algumas vezes conversando com o Adamo.

– Puxa! Eu nunca reparei, me desculpe. E em que setor você trabalha?

– Adivinhe? Eu divido semanalmente a coluna com você. Eu sou a Dra. Lígia.

Régis, quase não se contendo de satisfação, manteve a conversa em nível civilizado de aquecimento, tecendo comentários elogiosos aos artigos da Dra. Lígia.

– Por favor, me chame de Lígia, afinal somos colegas escritores. E obrigado, admiro também seus escritos e vindo de você recebo como um verdadeiro incentivo para eu continuar a escrever. Estava pensando em parar.

– Não. De forma alguma. Continue. Você tem talento. Além disso, como eu, muita gente tira proveito de seus conhecimentos médicos.

O romance não durou mais do que quatro meses. Régis, sim, continuou a escrever, assumiu a coluna semanal após a desistência da Dra. Lígia e nunca deixou de freqüentar aquele bar. Lá, nutria sempre uma esperança de encontrar outras admiradoras de suas crônicas.

Angelus Novus

Os anjos estão citados na Bíblia em dezenas de passagens do Antigo e do Novo Testamento em inúmeras formas, funções e aparições. O vocábulo "anjo" vem do grego "ággelos" significando "mensageiros". Em Juízes 13;6,25, Mateus 1;20 e em Atos 8;26 os anjos do Senhor são descritos exatamente com essa definição, a de arautos.

Em Salmos 91;3,4, o anjo transfigura-se em protetor do crente em Deus, o nosso famoso anjo de guarda.

Os Serafins, os Querubins, os Arcanjos, Lúcifer são outros anjos ou formas angelicais com presença marcante nas Escrituras Sagradas.

O que quis dizer Paul Klee ao pincelar o quadro *Angelus Novus*?

Leiam o texto clássico sobre essa tela de Klee elaborada pelo filósofo e ensaísta Walter Benjamin, no seu livro *Sobre o Conceito de História*.

Angelus Novus (1921) – Paul Klee

"Há um quadro de Klee que se chama Angelus Novus. Representa um anjo que parece querer afastar-se de algo que ele encara fixamente. Seus olhos estão escancarados, sua boca dilatada, suas asas abertas. O anjo da história deve ter esse aspecto. Seu rosto está dirigido ao passado. Onde nós vemos uma cadeia de acontecimentos, ele vê uma catástrofe única, que acumula incansavelmente ruína sobre ruína e as dispersa aos seus pés. Ele gostaria de deter-se para acordar os mortos e juntar os fragmentos. Mas uma tempestade sopra do paraíso e prende-se em suas asas com tanta força que ele não pode mais fechá-las. Essa tempestade o impele irresistivelmente para o futuro, ao qual ele vira as costas, enquanto o amontoado de ruínas cresce até o céu. Essa tempestade é o que chamamos progresso."

A começar que mal identifico um anjo na tela de Klee, constata-se um esgotamento do tema *Angelus* proporcionado pela exuberância da análise de Benjamin.

Enquadrando o *Angelus* pela visão bíblica, a partir da visão do ensaísta, não seria ele um anjo que vai além das mensagens diretas ao homem ou das proteções individuais e passa a interferir em culturas e nações, tal como descrito em Daniel 10;13, mas com sinais de esgotamento pela insistência do seres ignóbeis humanos em caminhar pela transgressão autopredatória?

Só me resta rezar à noite e agradecer a meu anjo da guarda por mais esse texto e pedir um pouco mais de paciência comigo.

Judite e Holofernes

"Era o décimo segundo ano do reinado de Nabucodono-sor...", assim começa o Livro Sagrado de Judite, com 16 capítulos, mostrando a sua luta contra Holofernes, o general do exército do rei dos Assírios.

Não desenvolverei o início e o meio dessa saga de Judite em defesa de seu povo da Judéia.

Vou direto para o final para dizer que Judite "... despojou-se de seu manto de viuvez, lavou-se, ungiu-se com ótimo perfume, penteou os cabelos, colocou na cabeça o turbante, vestiu a roupa de festa, ..., colocou colares, braceletes, anéis, brincos, todas as suas jóias, embelezando-se para seduzir todos os homens que a vissem." Cap. 10, 3 a 5.

Seu plano estava dando certo, pois no Cap. 10, 23 "... Judite chegou à presença do general e de seu ajudante e todos se admiraram com a beleza de seu rosto".

Mais adiante Judite na tenda do general Holofernes ora

"Faze-me forte neste dia, Senhor Deus de Israel" e golpeia o pescoço do general, decepando sua cabeça. Foge para a Judéia com a cabeça de Holofernes para provar que o exército assírio agora estava fraco sem seu comandante e poderia ser combatido pelos judeus. Assim foi feito e seu povo livrou-se de ser subjugado pelo poder de Nabucodonosor.

Essa passagem bíblica foi tema de dezenas de artistas, vamos a alguns deles.

Caravaggio com seu magistral jogo de luzes direciona o espectador direto para Judite, ornando-a de força; sua postura é de alguém tocando concentradamente um instrumento musical, no entanto com certa delicadeza e beleza, exatamente como trata a Bíblia. Não se mancha de sangue, nem seu rosto se contrai fortemente para executar esse macabro ato. Até porque ela estava ungida pela força de Deus.

Judite e Holofernes (1598) – Caravaggio

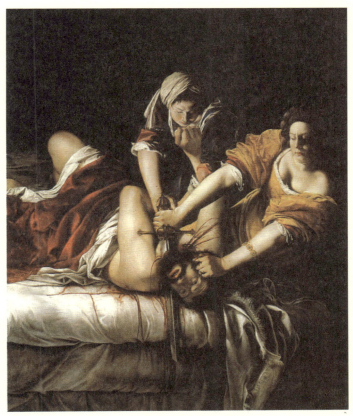
Judite e Holofernes (1612) – Artemísia Gentileschi

Artemísia Gentileschi, também pintora barroca, dá um ritmo totalmente diferente a essa cena. Judite se expressa com frieza e seu corpo se contorce na execução da decapitação de Holofernes. Essa raiva pincelada na tela só pode ser a atitude de revolta da artista com os homens. A história relata um estupro sofrido por Artemísia, ato executado por seu amigo e instrutor de pintura. No processo delatado à justiça por seu pai, houve incrível inversão de papéis.

Não obstante a violência sofrida, ela foi torturada para provocar uma amenização do ato de seu detrator. Não é para menos a explosão de ira exposta no quadro.

Toda a sensualidade de Judite relatada na Bíblia ganhou cores de Klimt. A expressão sensual é propositadamente dúbia: sedução antes do ato e clímax após. Passe um risco vertical no meio do corpo de Judite e comprove. No lado esquerdo suas vestes estão ainda intactas e sua boca semicerrada ainda num jogo de conquista. Do lado direito suas vestes a desnudam e sua boca está mais aberta demonstrando satisfação ao carregar a cabeça do general.

A força de Judite está desenhada em todos os quadros, um retrato do que é o poder da mulher. Será nosso mundo verdadeiramente machista?

Judite e Holofernes
(1901) – Gustav Klimt

Leviatã e a Pesca

Jó, capítulo 40 versículo 25: "Poderás pescar o Leviatã com anzol e atar-lhe a língua com uma corda?" *A Bíblia de Jerusalém.*

Já foi interpretado por Hobbes (1651) esse texto, ainda que sob protestos dos historiadores e religiosos. Leviatã não é senão o todo-poderoso Estado. Esse monstro bíblico ainda anda a perturbar o sono e a vida dos pobres cidadãos. Criatura indomável.

Monarquias e Repúblicas. Democracias e Despotismos. Esquerdas e Direitas. Todos têm apetites pelo poder comparados ao de Leviatã. E não há sistema político criado, já tentado ou mesmo jamais pensado, suficientemente forte e hábil para domá-lo.

Hobbes descreve a passagem do homem-natureza para o homem-sociedade como um processo evolutivo natural. Ao viver em sociedade surge a necessidade do controle, da distribuição da riqueza ou pelo menos do acesso aos bens produzidos. O Estado *é o preço que o ser humano paga pela sua conveniência, segurança e paz*. Como o poder e cobiça dos homens são tão ávidos quanto a fome do animal bestial de Jó, dá para entender as mazelas praticadas no alto dos castelos. Não só do agora e do aqui.

Meu sistema preferido em meus pensamentos é o anárquico. Mesmo nele há menções de hierarquias. Então não sei.

Talvez, no futuro, devamos retornar ao homem-natureza. A dificuldade, então, será controlar o indivíduo com tanta informação e acesso a armas aniquiladoras. Ele seria perigoso e mortal. Bem daí (re)inventarão o homem-sociedade, com algum tipo de Estado para o seu controle.

Que complicação. Vamos ficar assim mesmo. E, de vez em quando, com alguns anzóis, tentar pescar uns peixes grandes e botá-los a fritar.

Confúcio e eu

Por anos a fio nunca entendi como um país recém-saído do feudalismo, como o Japão, pudera invadir e barbarizar uma das mais tradicionais e populosas nações de todos os tempos, a China. Essa minha ignorância tangencia o lado psicológico de um povo e não o aspecto bélico e expansionista.

Do lado material, em final do século XIX e início do XX, a China estava economicamente decadente, ao contrário do Japão, com nítida superioridade armamentista.

O Japão já havia derrotado a China na chamada I Guerra Sino-japonesa em 1894 e, como todo vencedor, impôs severas perdas territoriais e indenizatórias. A II Guerra entre os dois povos pegou a China ainda mais enfraquecida e, entre 1937 e 1945, verdadeiros massacres foram produzidos pelo Japão ao povo chinês.

Voltando ao ponto de vista de evolução de pensamento cultural, o Japão havia deixado o seu feudalismo, xogunato e samurais e entronizou os modernos pensamentos desenvolvimentistas e mercantilistas ocidentais. A China, por sua vez, ainda cultuava os ensinamentos de Confúcio de mais de 500 anos a.C.: a busca incessante pela harmonia.

Essa máxima de Confúcio, praticada por mais de dois mil anos, gerou na sociedade chinesa um efeito anestesiante. Agrega-se a isso o culto ao respeito dos valores tradicionais e a ética nas relações entre os homens. Claro que

Enorme cova onde os japoneses enterraram soldados e civis, após o "Massacre de Nanquim" – 1937-1938.

o Japão, na linha ocidental, abandonara esses preceitos e partiu para a conquista. Pegou a China imobilizada. Pintou e bordou, ou melhor, matou, estuprou e destruiu.

Não é à toa que a China nunca engoliu as atrocidades sofridas nas duas guerras e, ainda hoje, olha bem torto para o Japão em questões econômicas e o impede de ascender a uma cadeira no Conselho Permanente da ONU. Ando em estado introspectivo voraz, em busca de paz interior e de harmonia, atitude típica do avanço de idade.

Fazendo um paralelo com o povo chinês de outrora, a persistir essa minha condição, não tardará o dia em que serei destruído por desafetos. Minha salvação, talvez, possa se dar pela definição de dois preceitos de Confúcio:

O sábio – Busca o conhecimento e a purificação, rejeitando os confortos e a riqueza. Ele não se importa que os homens o ignorem, pois o céu o conhece. Graças ao seu autocontrole ele nada deseja, só aspira à santidade.

O plebeu – É o pequeno homem que se preocupa apenas com as coisas materiais, com o conforto e os prazeres, tendo sede de riquezas e honrarias. Deixa-se dominar pelas paixões, pela carnalidade e seus excessos.

Analisando esses pensamentos, acredito que, na prática mesmo, estou a perambular mais pelo lado plebeu. Minha busca de sabedoria não passa de intenção. Concluo, assim, que: – Cuidado, meus inimigos, tenho ainda minhas guardas levantadas contra seus ataques.

Razões Secundárias

[Recomendo, como leitura prévia, o texto imediatamente anterior a este, sob o tema *Confúcio e eu.*]

No último texto escrevi sobre a influência da filosofia confucionista no modo de pensar da China. Sobre como os pensamentos de um antigo pensador, Confúcio, influenciaram uma nação e sobre como seu povo, arraigado nessa doutrina de harmonia, fragilizou-se na defesa do país contra o Japão.

Hoje quero dar uma outra visão disso tudo. Rápida como sempre e superficial como de costume. Um olhar desatento.

A China não foi tão ingênua assim do ponto de vista de defesa estratégica. A Muralha da China é um exemplo claro, pois, para impedir a invasão dos Hunos e das tribos nômades, as dinastias construíram e usaram a muralha como importante instrumento militar para sustentação de suas fronteiras.

A China também inventou a pólvora, escreveu muitos livros sobre a guerra, como o clássico *A Arte da Guerra*, de Sun Tzu, ainda usado por diversos especialistas militares e estrategistas empresariais. Ela não só se defendeu, mas também atacou, como, por exemplo, na invasão da Coréia e do Tibete. Essa nação parecia ser santa no texto anterior. Só parecia.

Desfazendo-me um pouco dessa sensação errônea, chego, enfim, ao tema de hoje. O Tibete ainda invadido pelos chineses e o seu líder espiritual Dalai Lama.

Dalai Lama, um praticante da não-violência, é um grande pensador. E tal como Confúcio, busca a harmonia como pilar da condução dos atos humanos. "É essencial evitar os extremos..." ou "Quando os seres humanos se desentendem, mostram que esqueceram suas semelhanças fundamentais para supervalorizar *razões secundárias*...".

Por que será então que uma nação como a China, tão fiel ao confucionismo e à pregação da harmonia, subjugou um povo com pensamentos tão próximos como o do Tibete? O próprio Lama continua e esclarece: "...*Por razões secundárias* um homem destrói outro homem e destrói o planeta que o abriga".

O povo tibetano continua sufragâneo dos chineses, pois, além da falta de soberania, sofre o horror psicológico de assistir à construção do primeiro monumento em homenagem a Mao Tse Tung, no centro do Tibete. Lembro que Mao perpetrou um verdadeiro massacre na invasão daquele país no século passado, cuja extensão perdura até estes tempos, com a comunidade internacional apontando para o contínuo genocídio cultural desse povo, com tradição de culto aos valores espirituais.

E tudo isso por razões secundárias.

Tibete sem Lama

[Recomendo a leitura dos dois textos anteriores; a saga continua...]

O Tibete também pareceu ser somente vítima no texto anterior, quando tratei da invasão pela China e do massacre a que seu povo foi acometido. É, a ceifa de fato ocorreu, mas esse país (agora uma província autônoma chinesa) teve lá seus problemas de violação dos direitos humanos.

Sem querer minimizar a assolação perpetrada pela China, o Tibete foi governado por uma casta aristocrática, com acinte escravocrata. Imagem bem longe daquela que temos de Shangri-La ao assistirmos o *Horizonte Perdido*, não?

A sociedade tibetana era regida por um feudalismo teocrático, com a quase totalidade da população tendo que entregar seus filhos à casta superior, para os mais variados serviços, típicos de um feroz escravismo ocidental. Os lamas e os detentores do poder castigavam a classe inferior com tipos de punição medievais, como cortar as mãos, e chegavam, com extremo requinte de perversidade, até a arrancar os olhos.

A mulher era considerada, na visão espiritual de reencarnação, uma punição dos homens com vida passada não condizente com as regras da sociedade imperial. Por serem impuras elas eram impedidas de tocar em certos objetos sacros, como, por exemplo, imaginem, o ouro.

Os lamas, incluindo o Dalai, eram os grandes proprietários de terra e da fortuna do país, que vivia (ainda vive) em extremo afastamento da moderna tecnologia, desde o suprimento de alimentos até a fabricação de tecidos. Educação só para os monásticos, o que impedia os camponeses de se libertarem das eternas dívidas dos senhores feudais, os guias espirituais, os sacerdotes do lamaísmo, os denominados lamas.

A invasão chinesa provocou a vassalagem do tibetano aos governantes sinos. Mas só a alta casta de clérigos do Tibete é que, podemos dizer, foi subjugada de fato; o seu povo já vivia oprimido há séculos.

Pesquisas dizem que os tibetanos querem a volta do Tibete independente, mas não querem a volta de seus antigos "líderes espirituais".

Não é por causa disso que a mensagem de não-violência, cantada aos quatro cantos pelo Dalai Lama, deve ser desprezada (eu li seu livro *Uma Ética para o novo Milênio*, cuja mensagem é nobre), mas fica parecendo alguma coisa como "faça o que eu digo, e não faça o que eu acredito ou fiz".

Com isso encerro a trilogia, que posso nomear de *perpetração de atrocidades contra nações e outras versões da história*. Ou de outro modo, *as aparências enganam*.

Entre Umas e Outras

Em inúmeras situações fui perguntado se bebo. Na maioria das vezes por médicos e sempre respondi: "socialmente". Não sei o que significa isso, mas fui treinado a falar dessa maneira. Outro local clássico dessa pergunta se sucede nas entrevistas de emprego, principalmente com as selecionadoras e psicólogas. Minha fala não variava, minha vontade em repudiar a invasão de minha privacidade, em rechaçar a agressão à minha intimidade oscilava tal qual minhas crises de arritmia. Segurava-me a dizer: "o que lhe interessa?" Conseguir o emprego sempre foi prioridade maior do que a manifestação de meus instintos; então, detinha as minhas intempéries.

Ora, pergunta-se isso para quê? Na primeira festa da empresa, reunião de departamento, conquistas de metas de vendas, inauguração de uma máquina, lançamento de um produto, feiras, não sei mais onde e lá estão todos, alegre-

O Bebedor (1628) – Franz Hals. Museu Rijks.

mente a brindar a qualquer coisa, a título de comemoração, sob o pretexto de confraternização. Não importa se bebericando ou sorvendo o néctar de Baco, o licor do Barba Azul.

"Todos por um (copo), um por todos (os copos)" é o lema dos encontros. No dia seguinte o lema é a discrição: "não comento o que vi, não diga o que ouviu". Mas a fotografia, indiscreta, não tem lema e não esconderá o que nem mesmo você lembrava.

A alegria torna-se preocupação no momento em que "ser ébrio" é dominante sobre o "estar alto". As motivações são diferentes, o desamor, a penúria financeira, as intrigas, as doenças sejam suas ou dos entes próximos. Para compreender as pessoas candidatas a farrapo humano, só conhecendo suas histórias particulares.

Nesses casos o médico não deveria perguntar se bebes, mas por que bebes.

Bebedor de Absinto (1876) – Edgar Degas. Museu D'Orsay.

Eco, Narciso e Lula

A imagem de um homem público é tudo o que ele tem para a conquista de seu amor maior: o poder. A autoprojeção de figuras probas, austeras, altruísticas, magnetiza eleitores cansados de desmazelos e descasos com o bem do povo. A estampa de intempestivo e de implacável perante adversidades atrai os amantes de personalidades carismáticas, os adoradores de líderes com voz e pulso fortes. E vão por aí afora as dezenas de cromos, puros ou combinados, que os ávidos por poder constroem para si, tudo para a conquista do voto e da admiração do povo e pares. Essa arquitetura da *persona* aparente é humana e, enquanto existirmos nessa raça, assistiremos a ascensão e, por muitas vezes, a queda desses arquétipos.

Foge-se da humanidade e encontra-se o mitológico quando a pessoa acaba por acreditar e se apaixonar pelo seu próprio estereótipo. E é na mitologia onde faço a conexão da ninfa Eco e do jovem Narciso, transfigurados na figura de nosso presidente.

Rápida rememorização:

"Narciso, jovem e de radiante beleza, tinha um castigo de um deus do Olimpo de só ser capaz de amar a sua própria imagem. Sua autoveneração levou-o a consumir-se ao contemplar longamente seu reflexo nas águas de um lago, ou, em outra versão, ao atirar-se nas suas águas ao tentar abraçar a própria beleza.

Por sua vez, a ninfa Eco foi punida por Hera, por tanto falar e ao mesmo tempo esconder a traição de seu marido com as irmãs da ninfa. Eco sempre insistia em ter a última palavra; dessa maneira, sua sina foi, pela eternidade, terminar os diálogos repetindo a derradeira palavra de seu interlocutor.

A história dos dois passa pela paixão de Eco por Narciso, e este, ao ser atraído aos bosques, habitat da ninfa, procedeu a um diálogo virtual e solitário, terminado assim:

Eco e Narciso (1903) – John Willian Waterhouse.

– Afasta-te! Prefiro morrer a te deixar me possuir!

– Me possuir... – disse Eco.

O ciclo desse amor se encerra e Narciso corre em direção ao lago para sentir-se enfeitiçado por sua face refletida no lago, morrer e transformar-se em flor."

Lula é a fusão dos dois mitos. Tem por longos anos erguido tijolo por tijolo a imagem de um líder preocupado com a justiça social. E essa imagem de ser alguém com consciência social é maior até do que a de um líder com poderes para agir e transformar o sonho em realidade. Lula apaixonou-se de tal maneira pelo seu emblema de discursador social que já não consegue agir em prol desse estandarte. Está paralisado diante do espelho assombrado com a própria feição e contemplando as vívidas e marcadas linhas libertárias vistas no seu reflexo.

E como Eco, fala pelos cotovelos sem perceber que está a se repetir, conquistou o poder e nada faz, nada vê. Só a sua imagem é importante.

Devo lembrar ao nosso mandatário que as histórias dos heróis mitológicos, aqui registradas, acabaram em tragédia. Que já estamos presenciando, como nos casos dos seus companheiros próximos, varridos tragicamente do cenário político.

Abaixo uma obra de Dali, retratando a metamorfose de Narciso, transformando-se em flor. E de Dali vem uma outra analogia, agora, por um de seus ataques egocêntricos, na fala:

"Desde então minha ambição não cessou de aumentar, tal como minha mania das grandezas: já não quero ser senão Salvador Dalí [Lula] e nada mais".

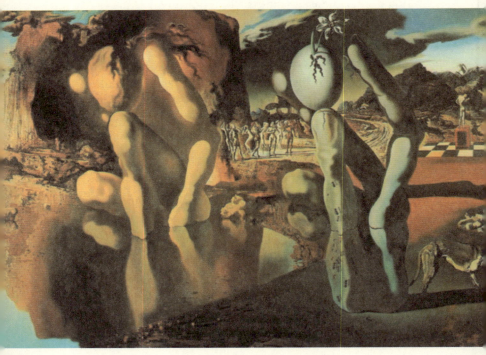

A Metamorfose de Narciso (1937) – Salvador Dali.

O Primeiro Ato Sexual

Deus criou o homem à sua imagem e semelhança. Está escrito em Gênesis 1,27. Esse é o maior perigo na interpretação das escrituras. A desobediência às leis começara prematuramente. É só ter uma ordem instalada e aparece alguém para contestá-la. Desobedecê-la. Corrompê-la. Desde pequeninos temos estímulo natural a tocar na tomada elétrica. A apertar botões. A experimentar o novo. Por que haveria Eva e Adão de padecer no paraíso? Terra sem segredos. "Tava" tudo dominado. O desconhecido era em outro lugar. O mistério precisava ser desvendado. Inevitável a procura por novas fronteiras. O sexo. A serpente não teve nada com isso na essência. É a natureza humana. É a natureza divina ("sua semelhança").

Curiosidade bíblica. Como terá sido o primeiro ato sexual do casal. Animalesco ou sensual? Sedução ou entrega? Preliminares ou penetração imediata? Mais de uma vez? Eva teria tido seu orgasmo? Adão conheceria na prática a ejaculação precoce? Houve carícias pós-ato ou Adão virou-se do outro lado? Eva estava só interessada no pecado original ou o fez por amor? Não ouso falar em triângulo amoroso. Faltam-me dados históricos sobre o primeiro adultério.

Acho um desvio as mulheres, ou homens, procurarem sexo somente com interesse de relacionamento (também não sou contra isso). Eva não o fez por amor a Adão. Fê-lo pela idéia de transgressão. Adão, pelo ato instintivo e bruto, carnal. Pelo gozo. Procriação?! Sendo o primeiro ato, como saberiam das conseqüências fisiológicas?

Depois de tantas dúvidas colocadas à Gênesis só me resta aguardar a minha excomunhão e, após o Apocalipse, esperar por uma pequena prosa com Dante e Virgílio em suas segundas visitas às sombras eternas.

Le Trahison des Images

O que fazem os traidores? Traem? Não, essa resposta é muito simples. A traição exige muita perseverança na conquista de confiança, na exalação de odor de crenças dignas e genuínas, na transpiração de gotas de suor de fidelidade e ao final receber a chave do cofre do coração de seu fiel amigo.

São anos a fio de trabalho constante e fadigoso. Imagine em conversas intimistas ou em discursos inflamados, um potencial traidor expondo suas idéias mais puras, inundadas de nobreza e carregadas de rugas altruístas. O traidor tem uma tarefa insana. Uma lida indesejável pela maioria das pessoas.

Incontáveis linhas de raciocínio para chegar ao cume de um pensamento prodigioso exigem até pesquisas de comportamento social, entender do espírito humano, tocar em seus desejos e apaziguar seus medos. Falar em justiça o máximo de tempo possível. A moral e a ética são articuladas de maneira simples, dentre os valores compreendidos pela sociedade. É, trair dá trabalho. Dobra-se o esforço, quando o traidor, ao ser delatado ou revelado, ainda procura consignar explicações pelas suas atitudes perfídicas. Vejam os corredores do poder. A quantidade de assessores e advogados tentando explicar o imponderável. É, trair dá trabalho.

Criar e recriar contextos, traçar linhas de raciocínio kafkianas, e incontáveis conjugações de montagens farsescas. Olhe a quantidade de trabalho incansável para buscar e preservar nossa lealdade. Eles tiveram muito trabalho.

Trair dá trabalho!

O Ser, o Sexo e Eu

Conhecermo-nos no mais íntimo pensamento, dar de cara com as nossas angústias, com o medo que carregamos desde a infância, com o puro desejo nunca confidenciado, não é tarefa para um ser comum. Na maioria das vezes fugimos desses temas. Esquivamo-nos para evitar o confronto e a descobrir, talvez, não a grandiosa pessoa que aparentamos, mas um ser ignóbil e fútil.

Ora, besteira. Ninguém pode ser grandioso na totalidade e só ter pensamentos altruísticos. Nem só ser torpe o tempo todo. Todos temos bons e maus momentos, bons e maus pensamentos e atitudes. Perfeição? Esqueça.

A descoberta do nosso eu é libertadora. Enfrentamos com mais vigor as vicissitudes da vida. Seremos senhores dos conflitos da alma. Toleraremos com mais candura nossos defeitos e imperfeições. O problema é como chegar lá, como alcançar esse autoconhecimento.

A psicanálise moderna auxilia e muito. Está certo que Freud já colocou todo mundo no mesmo plano. Nossos problemas são oriundos de uma sexualidade não resolvida. Como se todos estivessem numa bacanal, numa orgia. Ainda bem que existem outras teses psicanalíticas, como Jung e Adler, desviando um pouco, apenas um pouco, do foco no sexo.

A meditação auxilia a penetração, ops, olha aí, a manifestação da psique. A religião não. Esta te ajuda a chegar ao plano maior, mas não ao seu plano interior.

Eu já andei com todos esses passos. O que começou de fato a me desvelar foi o espelho do meu banheiro. Olhava e tentava me descobrir. No começo a única imagem que via era um eu de costas perdidas.

Persistência é uma virtude e não uma chatice. Assim continuei na árdua tarefa de me reconhecer dentro da sala de banho. E perseverei. Só ocasionalmente distraíam-me as persistentes e chatas batidas na porta, da mulher e filhos, todos querendo ocupar o íntimo recinto.

Com tenacidade, após meses, consegui desvendar o segredo da minha mente. O mistério enfim revelado. A essência do meu ser descaradamente denunciada. A olho nu o que me move é sexo.

No fim caímos em Freud. De novo.

Priapo

Posso dizer apenas que pesquisava por deuses da mitologia quando me deparei com o Priapo, filho da deusa do amor Afrodite. Um deus que nasceu com uma anomalia: tinha um pênis enorme e condenado à eterna ereção por outra deusa, Hera, a irmã de sua mãe. Se disser qualquer coisa diferente sobre a inspiração de minha pesquisa poderei comprometer minha heterossexualidade.

Mas a começar pela figura de Priapo, há a que restou de uma escultura do ano 200 a.c. no museu Éfesos na Turquia, ou outra de Bernini, no MET de Nova Iorque, que dão uma dimensão, literal, do que seria o falo desse deus.

Belos monumentos, não? Os disfarces que envolvem o cetro masculino dão um encantamento a essa monstruosidade. A pintura também erigiu homenagens a esse deus. Um pulo no Masp e veremos dois varões, Poussin e Priapo. Deste aqui mal se vê sua vara.

Priapo (século II a.C.) – Mármore.   *Priapo* (1616) – Bernini – Mármore.

Poussin também recriou o momento do nascimento de Priapo. Qual não deve ter sido o espanto de todos ao ver um pequeno rebento com tamanho mastro e pronto para cópulas. Não sei qual o contrário da pedofilia, mas daí deve-se a origem ao uso do pênis infantil para deleite de muita gente, mulheres e homens.

Hymenaeus travestido durante um sacrifício a Priapo (1623) – Nicolas Poussin. Masp.

A poesia também penetrou nesse universo masculino e Bocage turgiu versos potentes sobre o membro de Priapo.

Nascimento de Priapo (1623) – Nicolas Poussin.

Porri-potente herói, que uma cadeira
Susténs na ponta do caralho teso,
Pondo-lhe em riba mais por contrapeso
A capa de baetão da alcoviteira:

Teu casso é como o ramo da palmeira,
Que mais se eleva, quando tem mais peso;
Se o não conservas açaimado e preso,
É capaz de foder Lisboa inteira!

Que forças tens no hórrido marsapo,
Que assentando a disforme cachamorra
Deixa conos e cus feitos num trapo!

Quem ao ver-te o tesão há não discorra

Que tu não podes ser senão Priapo,
Ou que tens um guindaste em vez de porra?"

"Soneto do Caralho Potente" *in*
Versos Eróticos de Bocage

Triste destino desse deus. Pronto para a ação viril, mas incapaz de exercer o dom da criação. Falos enrijecidos em qualquer situação banalizam o erotismo e a sensualidade e eliminam o maravilhoso brotar da ereção, que é o mais belo gesto do homem para a mulher.

Perdoa-me por me Traíres

De todas as peças jamais assistidas por mim, a melhor, de longe, muito longe, é a peça de Nelson Rodrigues *Perdoame por me traíres.*

Não, não sei nem de perto do que ela trata. O título é tudo. Não me importo se é sobre dramas passionais, paixões não correspondidas, perfídias, relacionamento humano. Futebol, crime, cotidiano, comédia. Não sei nada. E nem quero. Cultivo essa frase há tantos anos que tenho receio em assistir à peça e vir uma grande frustração. Não pelo teatro de Nelson, um ícone. Mas pelo que tenho imaginado. Por isso declino de ser apresentado a ela.

Neste texto não há espaço suficiente para descrever minhas entradas no mundo da peça. As possibilidades em ser traído são fantasticamente numerosas. Nossos medos vêm à tona ao pensar nossa mulher nos traindo. É quase uma paranóia. É uma paranóia.

Se ela trabalha, liga-se de trinta em trinta minutos inventando as mais esfarrapadas desculpas. O almoço é certeiro. Ela me trai. Se sair mais tarde do trabalho, vou matá-la. Ela está me traindo. Ela já disse qualquer coisa sobre o chefe. Vou matar os dois.

Se ficar em casa, certamente é aquele lojista que ela diz ser simpático. Por que tanto ela vai à academia? O prédio tem sala de ginástica! E aquela aula de pintura. Vou me inscrever e ver quem é que dá essa aula. Vou enfiar o pincel goela abaixo. Vou bater. Espancá-la.

Incontáveis as maneiras da traição. Muitos os possíveis parceiros da nossa pérfida mulher.

Único motivo para o adultério: nossa falta de atenção e carinho à mulher amada.

Talvez as peças *Álbum de Família* ou *Dama do Lotação* estejam mais próximas da imagem formada pela minha deturpada e perturbada mente.

Não faz mal. Então, perdoa-me por me traíres!

Fila Única que Salva

Que bela invenção a fila única. Quem será o autor dessa obra magnífica? Democratização total da sociedade. Quem chegou antes tem a preferência. Está certo que a unanimidade é burra e as exceções ainda persistem. Têm-se alguns privilegiados, como os idosos nas filas de banco. As grávidas e os portadores de deficiência também estão nesse grupo das filas exclusivas. Nos hospitais e pronto-socorros também os casos emergenciais nos atropelam. Ora, a fila não seria inteligente se essas pessoas fossem retirar suas senhas no guichê da recepção.

O que não diria das filas únicas por assunto de interesse. É *high-tech*. O único problema nesses casos é a decisão a qual fila se dirigir quando você tem assuntos que se enquadram em mais de um guichê. Ah, mas isso tem solução. Pegue a fila única de informações e se informe.

O serviço então é super. Poltronas em bancos, sim é

verdade, já vi. Nos hospitais, televisão a cabo. Nos restaurantes e rotisserias, batidinhas. Chá e café são até banais nas mais diversas lojas.

Essa roupagem nova da espera até eliminou alguns casos patológicos, como o meu, ao sempre achar a minha fila a mais lenta de todas. Fosse qual fosse minha escolha eu já sabia que eu seria o último a ser atendido. Era só escolher uma e *voilá*, a fila parava.

Isso vem da infância. No primário e no ginásio, tudo era baseado em fila. E a ordem era: primeiro os mais baixos em estatura, depois os mais altos. Eu estiquei rápido, aí não tinha jeito. Para entrar na classe ou sair dela, último. Nas distribuições de merenda e de livros, último. Ao entrar no anfiteatro, os melhores lugares já estavam ocupados.

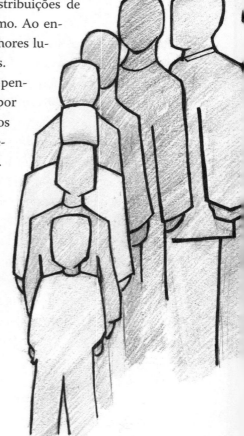

Naquela época não se pensava em organizar filas por nome, raça, idade, cor dos cabelos ou time de preferência. Só por altura. Desenvolvi por toda a infância e adolescência, e até parte da minha vida adulta essa síndrome de "serei o último". O que aconteceu aos meus amigos daquela época? Deles eu não sei. Sei que fui salvo pela fila única.

J'Accuse

A estatura moral de um homem o faz indignar-se contra atos repugnantes, sejam de autoridades oficiais ou pequenos repulsivos gestos caseiros e cotidianos, praticados por cidadão comum, em nossa vida, à nossa cara.

O processo de transformar a cólera em protesto audível necessita um pouco mais de atitude e coragem. Aí sofremos o mal da humanidade, calamo-nos e voltamos para nossa rotina.

Pelo sentimento de injustiça que vemos, pelas leis mal feitas, mal seguidas, mal punidas, pelas afrontas de outrem, seja o que for de ruim que avistamos e vivenciamos, não tomamos posições ativas, facilitando a repetição desses atos por outras ou pelas mesmas pessoas.

Émile Zola em 1898 não se calou. Esse grande escritor reconheceu uma grande injustiça no célebre caso Dreyfus e publicou no jornal parisiense *L'Aurore* a maior acusação pública de todos os tempos, sob a manchete "J'Accuse" – "Eu Acuso", uma carta endereçada ao presidente francês.

Vamos rememorar os fatos. O oficial do exército francês Alfred Dreyfus, de origem judaica, foi acusado de espionagem por venda de documentos ao governo alemão. Grande campanha de difamação foi encampada pelo próprio exército e por jornais e intelectuais de direita e anti-semitas para facilitar a condenação do jovem oficial.

Ele foi sentenciado à prisão perpétua afinal. Zola, após conversas com advogados de defesa e familiares de Dreyfus, convenceu-se do grande erro judiciário e da trama conspiratória, com falsificações de documentos no processo e de declarações enganosas, tudo para proteger o sistema.

Logo no início do julgamento de Dreyfus, o exército já sabia que o verdadeiro culpado era um outro oficial, mas continuou a farsa para atender a apelos corporativistas anti-semitas de uma França clericalmente dividida.

O memorável artigo de Zola incluía, além da majestosa manchete, as seguintes acusações:

Eu acuso o tenente-coronel du Paty de Clam de ter sido o artífice diabólico do erro judiciário [...], e de ter em seguida defendido sua obra nefasta, durante três anos, através de tramas absurdas e culpáveis.

Eu acuso o general Mercier de ter-se mostrado cúmplice, ao menos por fraqueza de espírito, de uma das maiores injustiças do século.

Eu acuso o general Billot de ter tido nas suas mãos as provas certas da inocência de Dreyfus e de tê-las abafado, de se tornar culpado deste crime de lesa-humanidade com um objetivo político e para salvar o Estado-Maior comprometido. [...]

Eu acuso enfim o primeiro Conselho de Guerra de ter violado a lei [...] e acuso o segundo Conselho de Guerra de ter encoberto esta ilegalidade, cometendo também o crime jurídico de inocentar sabidamente um culpado.

Todas essa acusações transportadas aos dias de hoje continuam totalmente verdadeiras, aplicando-as aos conhecidos casos políticos e, por que não dizer?, aos nossos acobertamentos das pequenas farsas que presenciamos e – ouso – praticamos.

A carta começava assim *"Mon devoir est de parler..."*

Não tenho a estatura de Zola e assistindo às nossas injustiças termino assim: *"S'il vous plaît, quelqu'un parle pour moi..."*

Arrebatamento

Escuto uma música e de repente sinto meu corpo ser tomado de um súbito êxtase. Arrepio-me todo e sinto um tremor que transcende meu corpo, atinge a alma. Estou completamente entregue a não sei qual força da natureza, do homem ou de Deus. Alguns minutos e volto ao planeta Terra. Não são raras as vezes que tais sensações passaram por mim. Quando se está enamorado, quando se encena uma peça de teatro, ao presenciar o nascimento de uma nova alma, muitos, enfim, são os momentos de sentirmos algo extremo, excelso, que nos arrebata.

Ao ler sobre o profeta Elias e seu arrebatamento em II Reis 2,11 "E sucedeu que, indo em eles andando e falando, eis que um carro de fogo, com cavalos de fogo, os separou um do outro; e Elias subiu ao céu num redemoinho", noto que a única maneira de sentir pela eternidade o sublime é viver uma vida mais próxima da Verdade.

O arrebatamento divino é a vida eterna. Só o recebem dos céus aqueles que creram e praticaram atos nobres aos olhos celestiais. Malaquias confirma a alma de Deus entronizada em Elias e profetizou o seu reaparecimento: "Eis que eu vos envio o profeta Elias, antes que venha o grande dia e terrível do Senhor", Mal 4,5. As escrituras dizem que Elias não morreu, foi arrebatado e seu espírito vivo anda a operar milagres da transformação.

Por enquanto sigo com minhas curtas excitações sensoriais, pois minha enlevação é finita, de duração de um oratório de Mendelssohn – Elias opus 60. Ou da leitura deste livro. Já é alguma coisa, mas não basta.

Catilina e um Dilúvio

Até quando, ó Catilina, abusarás da nossa paciência? Por quanto tempo ainda há de zombar de nós essa tua loucura? A que extremos se há de precipitar a tua audácia sem freio. [...] Não sentes que os teus planos estão à vista de todos? Não vês que a tua conspiração a têm já dominada todos estes que a conhecem?

Discurso de Cícero no Senado romano, denunciando a conspiração de Catilina – ano 63 a.C.

Esse discurso de Cícero é um dos mais pronunciados no mundo inteiro. Em parlamentos, em tribunais, em enfrentamentos de advogados, oponentes militares, adidos, embaixadores, um monte. E o dito, pela sua força oratória, vem se sucedendo per saecula saeculorum.

Estranhamente uma das mais expoentes cenas políticas de todos os tempos não tenha inspirado a tantos artistas em reproduzi-la conforme suas concepções. Pelo menos até onde minha ignorância tenha alcançado. E olhe que seu artífice, Cícero, por dois mil anos tem sido apontado como a referência em articulação de palavras e retórica.

Para não ser injusto, encontrei um afresco de 1888, de Cesare Maccari.

Estará o nosso Catilina isolado como a personagem nesse afresco? Não creio. "Ó tempos! Ó costumes!"

Cícero à esquerda em discurso e Catilina isolado à direita. Afresco de Cesare Maccari – 1888. Senato della Repubblica – Roma.

POESIAS

Telhas Escuras

Sou sugado pela onda
vinda de cima do morro,
atrás de mim, zás-trás,
e me pega
com um murro cego
e me amarra, me dessagra
e me açoita
nesta saga.

Varro as coisas de detrás
afronto minha fronte
ergo, indo, enfrento
um destino feito
de morte,
sem apego
deixo à sorte
o encontro da luz.

Um raio ilumina a corte
de telhas escuras
e penso,
[um brilho rubicante
abaixo do meu peito
para levar de vez
a vida claudicante]
logo, inexisto.

Sem Sonhos

Faço e refaço pensamentos
Antes do término do dia terei ido ao
topo
Encontrar o sonho perdido
Soltar um grito às costas do sol
Amar a mulher proibida num canto
escondido

Na descida já sem fôlego
Encontro o sol, não tão belo
A mulher de frente me é oferecida
Sem sonhos
Desfaço-me

Fácil Fascinação

Mergulho em sonhadas plumas
onde sereias me levam ao fundo mar, tocam meus lábios
e enchem meu peito. Ao abrir os olhos
um tubarão ao meu encalço por detrás de poluídas águas.
Sigo o rastro das sanguessugas e despisto,
ao confundi-lo já estarei perdido no oceano de mentiras.
Nem as honrarias a Netuno ou as especiarias a Zeus
me salvarão das quentes correntes do fundo do reino.
Inebrio-me do néctar doce da vida ao despertar
no desencanto do que é fácil
no trabalho que arranca chibatadas de duro suor.
Tira-me desse transe falseado de ouro
e me deixa seguir a fascinação do que é difícil.

(simples dedicação a Yeats)

Levante

Ante ao poder
Levante a dobra dobrada
Cobrada antes de ler
O errante Cervante

Uma leva de leva-e-traz
Perante o seu ser
Sucumbe
Pelo vale. Avante!

Que o metal mordaz
Penumbre
A vida a quem o sol brada
Em assombro.

A penúria da vida
Representada
Torne em lamúria
A do representante.

Ouço um Violino

Ouço um violino
e saio à procura da brisa.
Fora, respiro um frio úmido de outono
e encontro um pequenino, pedindo.

O regente comanda um *Andante*
sem constrangimento

A batuta rege e eu desafino
seguir o mestre ou o maestro?
um patrono é só o que pede,
sigo o acorde e finjo estar empedernido.

O regente ordena repetir
sem fingimento.

No afligir da próxima música
os tambores assumem a melodia
e de dia, já terei esquecido
a música o maestro o pequenino.

A Palavra Imagem

O grafismo circunda a palavra,
um de ene há que gira, em nós,
forma um palavrão
a cria cala o grito
muda, a larva
transforma em moda
o futurismo presente
na palavra que não é mais lida
modismo crescente
do som de se ver.
(dito por uma boa voz
e imagens em um telão
esse poema pode ficar bonito)

Simples Afeto

Quero sair da longa espreita,
inspirar aromas cheios de intrepidez,
largar o caminho da medrosa timidez,
mas vacilo,
pois de súbito,
diante da suspeita da desumanidade de minha alma
temerosa
volto e, arguto, abandono o combate,
recolho a mão e recuso
a oferenda
de simples afeto.

Troço

Os traços retocam meu rosto
de ré, toco
sem gosto
a vida
em troça
dá troco
de mim.

Endereço: Mangue

Corro pelas ruas em direção ao desencontro
daqueles que, sem rumo,
formam uma interminável gangue
a perseguir o atroz destino
inadiável,
e que deformam com seu sangue azul inflamável
a minha alma cinzenta. Inapelável.

Apelam com as raízes vermelhas de seus olhos
a mim que ando em prumo
olhar alinhado
embainhado de um feroz desprezo
pela decadente ascensão desigual.

E nego.

Oh falência de meus valores!
Sem sacar, sem atirar,
sem apreço
lanço a vala, ao mangue
sem endereço
o miserável morador do subsolo.

Em palavras amenas rogo
para acordar sem medo de encontrar
o infeliz paupérrimo
e ao novamente negar-lhe o tostão
possa à noite recostar ao colchão
ah, sem a excrescência de meus temores.

Um Chamego

Espero ao longo de minha jornada
encontrar meu herói, que me salve desta vida
perdida, atolada, desnorteada,
afogada em melancolia e desalento.
Uma alvorada de desesperança
e o entardecer refletindo a confirmação
de um longo dia de sofrimento.

Quantas faces perpassam em minha fronte
revelando existências singelas pelas faces enrugadas
ou enoveladas com feições despreocupadas.
Todo dia é um nem-me-conte
e termino o dia sem nada a contar.

Já estive frente a frente com meu destino
e daí nunca mais a me preocupar.
Hum! Que topada, ele tinha sua estrada traçada
e só queria um desvio para me traçar.
Danada da vida, voltei a viver
no meu canto, sem pranto
sonhando com um bem-querer.

E sem que me desse conta,
trabalhando pelo conto
surgiu um novo rosto, calejado, meio sonso,
meio risonho, buscando por ainda não sei,
mas senti de pronto, algo estranho,

um pulsar diferente de meu ventre,
e meu peito, você nem imagina,
um respirar profundo quase ofegante.

Olhares trocados com brilhos alternados
vem em minha direção com andar de macho
e sem evitar sua rota, me achego a sua volta
implorando por um chamego
para escapar da derrota d'outro dia sem meu nego.

Estou a explodir cheirando seu hálito
sem me importar que não seja cálido seu pensar.
Toda a vida comprimida em um segundo
e dessa vez me liberto do penar.
Oh não! Outra vez! Outra voz ao fundo
chama sua atenção. Esse chamado de meu amor
é meu. Não é. Desmorona meu ser.

O Som

O caminho se abre
Às espadas
Quando o som atinge a mente
Descem, dilaceram e batem
Batem tanto batem tanto
Batem tanto
Batem
Tanto
Batem

Sob o fogo da alma, a mente arde
E caminha sobre brasa quente
Ao comando do aço que fura,
Rasga, corta e queima
E queima tanto
Queima tanto
Queima
Tanto
Tanto

Empunha a lança de cobre
Com o braço forte
Levanta e ergue as pedras
Afasta, empurra e grita
Grita tanto grita tanto
Grita
Tanto

Grita
Grita

Um som alto
Atinge a alma
Arde a mente
Dilacera o braço
Afasta a lança
Queima a pedra
Corta o cobre
Rasga o aço

E bate, e queima
E grita
Tanto tanto
Tanto
Tanto

Sem Título

sei escutar,
só escuto
nada mais faço
além de ouvir

filosofia
religião
teoria
podridão

continuo a escutar
o ruído
a voz, não ouço:

é inaudível
silêncio

eu rogo
pra ouvir
o tranqüilo
barulho

das
sí la
bas

vou ler.

Andarilho da Rede

Versos e mais versos acalantam o sonhador andarilho
[da rede
Clica aqui, ali e acha em profusão, imagens de musas
[nuas e soltas.
Seu corpo se intumesce e sua mão passa a descer no já
[teso mastro.

O rubor passa do recato da orgia solitária para o desejo
[de arrebentação vigorosa.
A visão da bimba real, em busca do momento ideal,
[leva-o ao encerramento do olhar.
Instantâneo, da virtual colorida putaria passa a enxergar
[a infame amada fugidia.

O rúbeo da face torna-se ainda mais intenso e o
[membro não mais se extende
A megera por ele indomada abandonou-lhe bem antes
[de tê-la em foda tomado.
Tenta de novo o intento, navega em infinita sacanagem.
Tarde. Mirrou o falo.

Ferido na Vida

Ferido na vida com um trabalho de morte
abrem-me as feridas
ao ver recusado
o trabalho do dia.

Simples pedido não escutado
de um pobre vendedor
lança ao destino predador
minha sorte,
por fino andarilho engravatado.

As longas e dissaborosas manhãs,
o fastio na calorenta tarde
desviam-me do caminho ao chegar da noite.
Sinto, ao final, um vazio,
no ventre, no bolso, na alma.

Oh! Homem errante!
Impede-me a pujança
e nega-me um prato.
Pois meu caro passante
sentirá a frieza da faca da bóia
em seu corpo abastado.

Voltarei a errar no dia seguinte
ao tentar com meu trabalho de morte
conseguir um sopro de vida
Abordarei novamente
outro homem pedante.

Simples pedido de um pobre vendedor
a um destino desgraçado
é lançado por fino andante predador.
Meu fado, sem brilho, não escutado.

Eros e Artemis

Há muito de Eros nas mentes
Em minha, só há ele; somente ele.
Não perco um só momento em pensar
Eros Eros Eros
não divido um pensamento

Olhos fechados e seu semblante em cores, em pose
abro para ver, úmidos, esmaece o perfil
Nem um rastro de cheiro, olor ou fedor gravado na
[memória
O gemido esvaece, mal lembro do murmúrio ardente
[me desejando

Por que desaparecer? Algo terrível se passa comigo
Órgãos genitais vitais juvenis defenestram a alma
[senescente
e você ainda presente em mim.
Guardo uma gota de seu sêmen para proliferação da
[inquietação
e você distante. Ausente.

A alcova desalinhada como seus passos, seus toques
fotografados em meu senso, minha tez marcada pelo
[seu tesão

Desistir é caminho. De você. Sem você.
Amanhã terei que partir e encontrar novo gozo.
Sem Eros, como Artemis.

Vento

Grãos de areia fecham meus olhos
que ardem
e me cegam por instantes.
Trazidos por ti,
minúsculas partículas
me impedem de ver
o esplendor
de seu rosto
o ardor
de seu corpo
o calor
de sua boca
o fulgor
de seus seios.
Grãos que encobrem
a musa de meus sonhos
a passear pela areia
e que inspira o meu canto.
Ao abri-los estará ao meu alcance
mesmo que nunca, nem de relance
me atire um olhar perdido?
Estou perdido
ao imaginar
ainda por nuances
a silhueta perfeita de uma
mulher que persiste
em habitar meus sonhos.

Não, não quero mais abri-los,
pois sei que nem de relance
seu corpo perdido
estará ao alcance
do meu olhar partido.
Ó vento! Continue a soprar
no olhar de um sonhador
grãos de ilusão
e abrande a dor
que a cegueira causou
no caminhar de um errante
ao ver em névoas envolto
o alento de um amante.

À Noite

À noite, espero pelo sonho
de acordar, de amar, de viver
o sonho acordado
que sonhei à noite.

Sonhando, espero viver o dia
trabalhando, amando, caminhando
de dia acordado
aguardando a noite.

Caminhando, trabalho para viver,
achar, perder e me perder
para no fim do dia
sonhar que me achei.

Dormindo me acho sonhando
que me perdi de dia
e só acabo me achando
porque vivo me perdendo te amando.

Máscara

A tensão é tão grande
que nem mais tesão se tem.
Não há mais dia nem folia.
Somente senões
sem vejamos. Veremos.
Uma dor enorme
Na cabeça dorme.

Minha Fuga

Encontrarei um sentido e uma razão em segundos
não por ler Yeats ou Mallarmé profundos
nem por enfrentar minhas feridas abertas,
é..., escolherei por entre as ruas desertas
a mulher rápida e esperta
que me fará esquecer
meu ser e viver moribundos.

Hoje vou te possuir.
Dia admirável.
Puta és e alegre estou.

Teus pensamentos fogem
assim que avistas meu totem.
Meu corpo nu a teus olhos parece
um instrumento de desgosto que te enlouquece,
um serviço a ti,
um frenesi pra mim.

Que toque de seda em tua tão usada pele
sinto ao passar com minha ousada boca,
ao beijar teu suave seio,
ao tatear sem receio
tua greta, teu jardim.
Ah! Um devaneio sem fim,

Hoje vou te possuir.
Dia admirável.
Puta és e alegre estou.

Teus reclamos me impelem ao ato já
em posição qualquer que há,
penetro e, ágil cá e acolá,
me provocas uma explosão, louca.
Por momentos abracei forte
a mulher, a vida, mesmo sem tê-las perene,
vi que a alma e a paixão são de Selene.

Hoje, dia que te possuí,
mulher que és,
miserável estou.

Vivo e Morto

Esta cidade se desgasta, nesse mundo incréu.

Adentro no submundo real e eis a sujeira
Sinto olor descomunal, um ar impuro.
Os corredores hospitalares apinhados de doentes,
escritórios de burocratas apunhalando intermitentes

As opções, ninguém as teve,
doente sem onde cair morto,
morto caído sem onde lhe enterrar a carcaça,
vivo à procura de alguém, vivo ou morto,
aventais para salvar vidas, atestar os sem-vida
e enxugar as mãos depois de lavar as mãos.
Quero gritar e me impedem com uma mordaça.

O cheiro continua fétido
mistura de excreções de vivos
com decompostos de ex-vivos,
o ar já meio tépido.

O choro se afasta com a desesperança
formulários se apresentam amarrotados,
assinaturas para aliviar a dor do vivo:
o morto não será retalhado.
Não tenho forças para retaliar
nem para continuar.

A Chuva e a Lagartixa

A chuva de novo cai,
molhada e fria,
suada,
em cima de todos,
da árvore, do telhado, da rua.
Em mim não mais.
Corri.
(Não sei por que corro.
Adoro água da chuva.
Ela me acalma e me excita.
Acalma as moscas e excita a lagartixa.)
A parede não corre e a chuva, nela, não cai.
Na lagartixa não cai,
a lagartixa não cai
da parede que está em pé. E o réptil (réptil?!)
                        [está em pé na parede?
Ela olha a mosca e eu para ela,
a mosca não sei para o que olha.
A mosca olha?

No olho do furacão está a mosca,
a lagartixa se aproxima sorrateira e gosmenta,
a demora me entedia e súbito desvio o olhar
para não sei onde.
Volto para a parede e onde está a mosca?
A lagartixa lá está.

Agora não sei quem venceu.
O telhado suado e a árvore molhada
jogam a água na rua.
A chuva não passa.

Meu Futuro na Política

Não compete a mim ou a ninguém julgar
se justos ou falsos são os reclamos do povo
às bobagens federais. Um chamado novo,
no éter, me impele à política considerar.

Não me atraem o soldo ou o jeton,
tão-somente quero com minha palma
irradiar a energia advinda de minh'alma
e que não sobre no congresso um só piton.

No momento de votar, pelas articulações,
pela bancada, pela mesa, pelas lideranças,
cederei ao partido tudo em prol das alianças?

Melhor será para manter minhas convicções
continuar seguindo pela vida com o labor,
suado e duro. O fim do dia terá mais sabor.

Encontro Primoroso

O encontro primoroso
entre a caneta e o papel
faz um poema rigoroso
rimas e palavras ao léu.

Azul, preto ou colorido
um desenho, um rascunho
inesperado, sem sentido,
escrito do próprio punho.

Quase sempre sem motivo
busco um inspirado texto,
do poeta pensativo,

um verso, um pretexto,
um rabisco criativo.
Escrevo, enfim, para terminar o verso, qualquer coisa
                                    [fora de contexto.

Um Pedido

Eis que estou de volta ao lugar de minha paz
Sem temor, sem paixão, sem furor
Não terei saudades nem me preocupo com a castidade
Também não sei o que me espera.
Não é trabalho, sou poeta.
Se me derem a luz, apagarei
Sabedoria, já a deixei
Ternura nunca esteve ao meu alcance,
e de que adiantaria?
Conto com a música esculpida em minha alma,
o resto não fará sentido, pois nem um olho sobrará.
Não mais dissabor, nem frenesi.
Adeus mundo que conheci.
Fechem a tumba e me deixem em paz.
(aos meus amigos: joguem um pouco de terra.)

Vida de Cão

Cães e gatos aparecem nas casas premidas,
Vivendo nos mesmos abrigos apertados dos *chefs*.
Calçadas imundas em ruas esquecidas,
Dão qualidade escatofágica aos *pets*.

Surge uma opção de vida ao animal
Humanos abrem *shops* para remuneração opcional.
Oh vida! Escolha entre peru com bacon e picanhas,
Rações de carne ou frango. O que pediram as suas
[entranhas?

Banho e tosa. A domicílio a sua entrega!
Veterinários? Tratamento sem automedicação.
Bate-papos, latidos e miados na sala de espera.
Fim do mês. Contas a pagar sem comiseração.

Aborrecimento e desalento com os latidos
Condôminos e síndicos, muita reclamação.
Ah! Tudo vale a pena. Agraciam os meus sentidos
Mesmo quando vejo atender pelo meu nome, o cão!

Pensamento Universal

Nada penso se estou atento
a construir um nada universal.
Conduzo um desacerto
ao destino perfeito,
All aboarding, próxima parada:
"pensar em nada".
Por que pensar?

Ó vento
não te vejo,
mas te penso,
te sinto em movimento
transversal e lateral.
Mas se você não pensa
entra em minha mente
e me enche de ar.
Aí estarei feliz
nada a pensar.

Despeço-me do centro
e paro o movimento
desconcentro-me,
no vazio eu não penso
e nem há nada para pensar.
Ou será que penso?
Não! Só o barulho do silêncio de minha mente
Não é nada.

Nem há nada a escutar.
O vento parou e encheu minha cabeça
de mais desalento
agora coisa alguma me fará pensar.

Mas insiste minh'alma,
evoluo
e agora penso
em nada de nada.

É meu pensamento universal.

Caneta

A caneta
poderosa,
esferográfica, até de tinteiro,
desliza por inteiro
na folha
em versos cor-de-rosa
ou por assinatura ardilosa.

Leva a alma ao delírio
com palavras comoventes
ou os prisioneiros ao suplício
dos exílios permanentes.

Já cortou cabeças
dilacerou países
encenou teatros
arquitetou marquises.
Liberta condenados
condena inocentes.

Só é temerária
a tinta azulada
quando destrói almas e sonhos
por uma mão forte guiada
pela mente vil e ordinária
do poeta negligente.

Funeral

O vento atinge o cimo
           [da fronte,
sopra, apedreja em cima,
           [na testa,
bate forte no cume
           [da cabeça,
lança, longe, ao alto
           [da mente
uma aura vivida
           [no ápice
arremessa a coroa
           [no apogeu
revoam chapéus
           [que ascendem
em ondas elípticas
           [e transcendem

acima do horizonte
no perigeu
o vento apaga a vela,
a terra cobre a lápide
de pedra gravada em bronze

hic jacet unus poeta

a manhã se fecha em tramas
e todos se voltam à prata.

Eminência Caucasiana

A eminência caucasiana
dobra a cerviz dos pardos,
e pede a reverência
à sumidade
à sua santidade.

Conquistas,
futuros e caminhos,
em uma cidade derrotada
pela hipocrisia
e ambição.

Subnutridos
em genuflexo;
para o alto,
os braços abertos estendidos
implorando
o alimento parco.

Que lhes negam
em troca do sonho.
Sonho?
Preso a um emprego infame
e comida mirrada?
Prefere sua realidade,
livre,
pode sonhar.

A Chuva, o Vento

Tivesse eu corrido do vento
antes da chuva cair
estaria mais seco e seguro
os meus passos tranqüilos
e muitos amigos,
sem nada inconveniente,
vivendo uma vida subserviente.

Tivesse eu corrido ao vento
com a chuva no rosto
e o corpo molhado
sairia desajeitado
para ouvir uma canção,
ou em noites acordado
leria um poema
com um pensar penetrante,
vivendo uma vida excitante.

Escolhi andar protegido
da chuva amparado
do vento escondido
sem passadas sinuosas,

desviando das pedras
e estradas tortuosas.
Limpei da mente o que é atrevido,
vivi uma vida entediante.

Despertar na Luz

Irradia em mim uma brutal alegria
vinda de um som desconhecido
com uma voz gutural.
Irreconhecível é seu idioma,
fala em forma
de axioma musical.

Impacta em meus ouvidos
atinge a pele sensorial
e estremeço.
Padeço pelo mistério,
regojizo pelo súbito êxtase
ao sentir o fim
um recomeço.

Os princípios são o meu legado,
as idéias, sublimes catarses
de uma vida inerte
sem motivo.
Estou só.
E a voz.

A terra atroz não me comerá
e o vento veloz não levará
meu pó.

Acordo aturdido,
contagio-me, ah meu Deus!
peço iludido:
– voz, ao me cutucar à noite,
o faça com força
e na alma profundo penetre.
Lança-me luz
ainda que desperte.

No Carro

No carro
estive
blindado
são e salvo
das vidas
desprovidas.
O aquário
protegia
a liberdade,
o direito
de ir,
de vir.
Lá fora
não mexo,
lá longe
não vejo
um ponto,
uma saída
da couraça,
uma entrada
na mordaça.

Saio, mas
não vou,
não venho.
Fico. Aqui
continuo:

incluído.
No alto
meu castelo
embaixo
realidade.
Não encaixo
a verdade
da dureza
da vida
na certeza
divina
da eternidade.
Vou.
Lá estarei:
excluído.

No Ônibus, Sonhos

No ponto, subo.
Recosto-me na janela
olhar longínquo
pensamento perdido
uma sensação de frio
na nuca. Cubro.
Vaivém de imagens emboladas
no horizonte. No meu ser.
Cabeça que gira.
Amanhã, o trabalho fastio.
Desgastante. Horas a fio
Sem futuro.
Agora, a desilusão de casa.
Homem de coração frio. Aguarda.
Filhos de desamor. Se sente.
Eu sem palavras e gestos.
Sem presente.
O ônibus pára. A porta se abre.
Casal sorrindo, subindo.
Lindo. Um solavanco.
Nova partida. Novos sonhos.
Ponto final.

Meu Verso Solto

O vôo em baixa altura
Encontra meu alimento
Atinge seu cume
No peito, ao vento

São migalhas em moldura
Abaixo, no bolso
Nutrem, sem queixume
Meu verso solto

Venço o desafio
Vivo os amores
Parto sem levar
Os poemas. As cores.

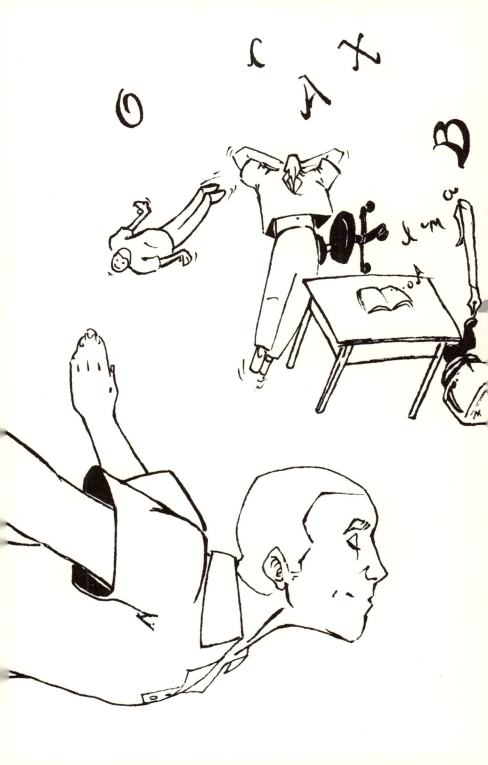

Rua Violenta

Na rua, limões ao ar
Caem nas mãos sujas
De um menino guerreando.
Exibindo-se. Contorcendo-se
A vida lhe torcendo a alma.

Levanta a camisa e vejo armas.
Ele é violento!
Estampada em sua barriga desnuda.
Desnutrida.
Me ataca com um olhar,
sua fome tenta me fulminar.
Defendo-me de sua investida.
Despisto.
Olho pro vazio, pro sinal.
Verde. Estou salvo.

Guerra interminável.
Há outros guerrilheiros,
outras esquinas.
Novas armas poderosas se apresentam.
Limpam pára-brisas.
Pobres motoristas indefesos
Estratégia não pensada!
Virem pedestres...
Sórdidas táticas
Ainda não os abordam.

Relato esses combates
Relatos diários me contem!
Rebatem com mais debates
Não rio.
Mais dia e me batem.

Santo Rio

Tantos avisos. O rio que vi já passou.
Mas como, se toco nele a cada tarde.
Bebi de sua água; minhas roupas lavou
Banhei-me em seu leito, sem alarde.

Depois da pesca de um surubim
O santo rio é o mesmo para mim

Disseram-me da sua secura
Levar sua água para o sertão.
De que jeito? Transposição?
Pois me parece uma loucura

Depois da pesca de um surubim
O santo rio é o mesmo para mim

As águas paradas pelo bispo
Movem muitos barbados e traíras
Trazem o abotoado e o ministro
Chacoalham-se as piraíbas.

Depois da pesca de um surubim
O santo rio é o mesmo para mim

Um homem só e determinado
Contra muitos. Um protesto.
Não entendem seu sábio gesto
Em ver o rio revitalizado

Depois da pesca de um surubim
O santo rio é o mesmo para mim

Diversão no Poder

No meio do escândalo
todos se indignam do ouro tomado.
Sedentos promotores aparecem,
políticos sem manchas apontam,
paladinos da honestidade discursam,
curadores da boa causa palpitam.
Desenquadrando o esquema
para reenquadrar o sistema.
Colocam abaixo? Mas
em cima nunca estiveram...

Faturas frias espalhando farturas quentes.
Poder! Sofrer.
Evento criminoso no meio do crime.
Esquecem. Esqueceram!
Agência. Promoção. Diversão.
Não seria prostituição?
Tudo é notícia. Zombam das meninas
e riem dos (os) poderosos.
Choremos por todos.

Um Dia de Sol

Um belo dia de sol e, inesperado, um raio penetra nas
[casas, nas cabeças, no coração.
As nuvens se formam em vermelho
Mais um desfile de gritos e choros
O cortejo já não é para exaltar o morto, é para cuspir
[vingança.
Para quê?
Por quem? A causa é perdida e não haverá achados.
Só aquele que se foi terá encontrado a sua: não mais
[temer.
Uma mancha no chão desenha a mão pedindo basta.
A multidão enfurecida passa, pisa e se afasta.

Lenços tribais passam a encobrir os rostos marcados
[por ódio,
A esconder os lábios roxos de gritos guturais,
Mas deixam à mostra os olhos,
Cravejados de veias sedentas de sangue,
Adornados pela expressão franzida de dúvidas.

Não mais dizem adeus,
Não mais procuram a Deus.
Não mais verão
Não mais
Um dia a mais
Muito mais amanhã

Renasce o sol e a manhã se abre
Um novo raio, uma nova ferida em outro coração
Já não ouço os mesmos sons,
Os gritos são agora meus
Estouram minha casa e no chão o desenho pintado de
[sangue,
De minha cabeça
Não tem mais amanhã.

Neoliberdade

No Verbo e centelha o início,
agora paralisia e lamentos.
Inspiração do homem fenício
vamos buscar, ousar. Sedentos.

Enxergar na vaga a brecha
da alma envolta em indolente
postura e procurar à flecha
terras férteis para a nova semente.

Avançar com olhar destemido,
tropeçar, mas continuar atrevido.
Libertar-se das nocivas amarras.

Redescobrir o mistério do fruto e sair
para erguer e dilapidar o bruto menir.
Bem-vindas sábias e persuasivas palavras.

Na Luz da Manhã

Na luz da manhã
ainda esfumaçada
entre o poste e a árvore
carcomida
uma vida
deitada na rua
Cansado
correu seu mundo
levando a carroça
atrás do alumínio
e um pouco de papel.
Na torre de babel
acareações
Perguntas
dos seis e dez milhões
Nada acontece.
O catador acorda
e se espreguiça
também medita
comer no almoço
ou no jantar
Dúvidas
não mais as tem.
Nada vai acontecer

Batalha Bravia

Dias e noites a fugir da angústia.
Da solitude.
Incompreensão.

Mas quero escapar da espreita
E inspiro aromas de intrepidez.
Largo o duro e longo caminho da medrosa timidez.
Hum! De novo vacilo diante da persistente suspeita

De ser rejeitado.
Ferido.
Atingido direto no coração.

Volto e alimento com toda a argúcia
A alma temerosa e desejosa de afeto.
Combato a poderosa trama imaginária, com astúcia
Construída traiçoeiramente pelo alter-ego irrequieto.

A batalha é esperada
E bravia.
Levanto os escudos com exaltação

Para desbravar a estrada obscura.

Ao longe a mulher acanhada com sorriso oculto,

Bela e inspirada imagem, que antes era só vulto

Na profunda e cálida mente impura.

Abre seus braços. Um abrigo.

Sinto irradiar uma força.

É ela, minha amada. Saio da escuridão.

Fronte

Levanto a fronte e vejo austera
Minh'aura em transe sem prumo,
Um desconexo vazio em espera
Da luz a resgatar-me do errático rumo.

Vi no espelho a imagem invertida
De um olhar firme na vida sombria
Daquele que se olvida da angústia sofrida,
Mas da brava gente não esquecia.

No fundo o mais rude padecer
E os queixumes do meu íntimo ser
Sustentam um quimérico altruísmo.

Nutre de alimento o desvalido;
Exaure a força do espírito combalido.
Esse é o meu primaz dualismo.

A Noite Vazia

Tento atrair com o brilho do olhar
Por uma fração de segundo me deixo perder por seu
[corpo
Fixo-a e o mistério está desfeito
Tudo desvelado em um rubro da face
[Até quando terei que suportar a indiferença de seu afeto]
Mais perto estou gélido pela quente fragrância de
[perfume vadio
A fuga será perdida com uma qualquer na noite rápida
Beijos não trocados e um acariciar não correspondido
Sem nomes, nomeio-as por adjetivos
Os mais perversos
Os mais diversos
Os meneios são lentos para me lembrar
De seus seios fartos
Em meus versos seu vulto me assombra
Na cama um culto e descarrego uma nota
Pelos movimentos artísticos e serviços prestados
Sinto os segundos de minha vida roubados
A profissional segue seu rito
Eu grito, parado, por um mito.

Beijo Interrompido

Suave conversa com minha namorada,
Em nosso momento descontraído.
Minha mente está livre. Liberada.
Meu olhar, só meu olhar se afixa
Em sua delicada e afável imagem,
Um rosto delineado por um largo sorriso
Atraente e magnético.
Intoxico-me pela inclinação
De sua cerviz ao acanhar-se por meu elogio
Ao seu macio cachaço.
De brinde levo um meigo fechar de olhos
Acedendo à minha aproximação
À procura de seus doces lábios.
Sua mão repousa em minhas coxas
Acalentando nossa intimidade.
A ternura do beijo abafa os sons da rua
Menos o silencioso planar do cair das folhas outonais.
Tudo interrompido pelo sibilar do apito
Do policial vindicando:
– Ei, ordem vocês duas. Aqui é praça pública.

Troféu e Despojos

O abandono assustador
de uma criança com olhar perdido,
desde o ventre libertador,
sente-se fortalecido
ao caminhar ao lado da fúria
e ignorância.
Entorpecida de lamúria
e intolerância,
a criança digladia-se com o desarrimo
em busca do despojo,
mira o cimo
e atinge migalhas no estojo
vazio de esperança.
O troféu da vitória é entregue.
Com confiança
quem o ergue?

Involução

Saber de amanhã se o dia não terminou.
Virá o amanhã e esse dia acabou.
Não viva, não faça, não pense,
seja.
Um coquetel, uma jihad, um exercício de guerra
são preparatórios da manifestação
de segregação no campo,
com vocês out of fashion e eu in the misery.
Não participo do seu mundo e
convivo irritado com o meu,
banlieue lá, bidonville aqui.
Inexiste tangência e convergência
nas setas e sinais de orientação da desordem.
Aí se percebe o ordenado dos não-amotinados
implorando a continuidade do caos,
a interrupção do desabrocho
e o apagar do fogo
do meu coração,
da minha tocha incendiária.

Tente eliminar minha ardência
que cuspirei lava no seu colo.
Assim somos muitos
e mesmo conhecendo-os muito pouco
sei muito de poucos.
Não sabemos nada,
nem nossos desejos
de evolução.
Fazemos revolução,
sofremos involução.
Não faço, não vivo, não penso,
sou.

TÍTULO *Olhares Desatentos*

AUTOR Sérgio Sesiki

ILUSTRAÇÕES Stefan Umhauser

CAPA Tomás Martins, sobre arte de Jonny Gitti

PROJETO GRÁFICO Tomás Martins

REVISÃO Geraldo Gerson de Souza

FORMATO 13,8 × 21 cm

NÚMERO DE PÁGINAS 184

TIPOLOGIA Warnock

PAPEL Pólen soft 80 g/m²

IMPRESSÃO Gráfica Vida e Consciência